シュガーアップル・フェアリーテイル

銀砂糖師と黄金の誓い

三川みり

JN099801

24066

角川ビーンズ文庫

CONTENTS

シュガーアップル・フェアリーテイル
銀砂糖師と黄金の誓い

シュガーアップル・フェアリーテイル
CHARACTERS
アン
銀砂糖師の少女
シャル
戦士妖精

ギルバート
記憶喪失の男

ミスリル
賑やかな妖精

フラウ
ギルバートとともにいる妖精

ワッツ
砂糖菓子職人

マクレガン
コッセル教会の教父

物語のキーワード

砂糖菓子 妖精の寿命を延ばし、人に幸福を与える聖なる食べ物。

銀砂糖師 王家から勲章を授与された、特別な砂糖菓子職人のこと。

銀砂糖子爵 全ての砂糖菓子職人の頂点。

本文イラスト／あき

一章　過去を求めて

乾《かわ》いた涼《すず》しい秋風に砂埃《すなぼこり》が舞《ま》う、人が行き交《か》う大通り。そこに面して建つ宿屋の前に馬車を止めたアンは、御者台《ぎょしゃだい》からおりると、軒《のき》に揺《ゆ》れる看板を見あげた。

「駒鳥亭《こまどりてい》……」

確かめるように看板の屋号を読む。

真っ直《す》ぐ町の中央を貫《つらぬ》く大通りには人通りが多かった。籠《かご》いっぱいの野菜を抱《かか》えた、市場帰りらしい主婦や、道具入れを抱えた大工。手押し車を押してせかせかと歩く商店の見習いらしき少年など、誰《だれ》もがせわしない。彼らは忙《いそが》しそうではあるが、日々が安定し、充実《じゅうじつ》している庶《しょ》民《みん》の満足感が垣間《かいま》見《み》える。

ロックウェル州の町、コッセル。王都ルイストンほどの喧噪《けんそう》はないが、ほどよい活気がある町だった。

頰《ほお》を真っ赤にして、人波をぬって追いかけっこをして遊んでいる子どもたちが、看板を見あげるアンの後ろを息を切らしながら通り過ぎていく。

アンを追って御者台からおり、横に立ったのは、彼女の父かもしれない男――ギルバート・

ハルフォード。彼は宿屋の窓、戸口、軒、屋根、看板と、あらゆる場所に目を移すと、懐《ふところ》から紙片《しへん》を取り出し、そこに書かれた文字と宿屋の看板を見比べる。

ギルバートの手にあるのは、宿屋が発行した馬の預かり証だ。

発行した宿の名は、コッセルの駒鳥亭とある。日付は十七年前――。

「なにか思い出せる？　パパ」

問うと、ギルバートは気弱そうな優《やさ》しい茶の瞳《ひとみ》で、苦笑《くしよう》する。

「だめだね。懐《なつ》かしさとか、既視感《きしかん》さえ、わいてこない。まるっきり、はじめてきた場所のような気がするよ」

御者台の上にいた湖水の水滴《すいてき》の妖精《ようせい》ミスリル・リッド・ポッドが、肩《かた》を落とす。

「よっぽど綺麗《きれい》に記憶《きおく》を消せたんだな、セラは」

「わたし、一年しかセラと一緒《いっしょ》にいませんでしたが……珍《めずら》しいくらい能力の高い妖精でした、セラは」

そう言いながら、自分がここまで乗ってきた馬の轡《くつわ》を引いて御者台の近くに寄ってきたのは、金の瞳に、金のふわふわした髪《かみ》をした、妖精の女だった。背にある一枚の羽も、秋の柔《やわ》らかな陽光に照らされ薄《うす》い金に光る。

彼女は大きめの男物の上衣《うわぎ》を着ていた。袖《そで》は長く、袖口から指先が少し出ているだけ。身幅《みはば》も着丈《きたけ》もだぶだぶで、細い体が一層頼《たよ》りなく細く見える。か弱そうな妖精だったが、彼女が御者台の近くに立つと、ミスリルは怯《おび》えたように身を引く。

「わっ！　ちょっと近いぞ。フラウ・フル・フラン！　触《ふ》れちゃったら、どうするんだ」

金の妖精フラウは、肩をすぼめる。

「あ……。ごめんなさい。でも、わたしが触《さわ》っても、触っただけでは何も起こらないわ。わたし自身が、能力を使おうとしない限り……って、前にも言ったはずなんだけど」

妖精はそれぞれ特殊《とくしゅ》な能力をもっているが、フラウは、触れたものの記憶を読む能力がある。ただ彼女が記憶を読むと、生き物は記憶が混乱するのだ。そのことを知ったミスリルは、フラウに触れられるのを警戒《けいかい》してびくびくしている。

「おまえが使う気になったらやばいだろう」

「あなたの記憶に、興味はないから……」

「突然《とつぜん》、むらむら興味がわく可能性はあるだろう？」

「ハイランド王国が海に沈《しず》んでも、そんな可能性はないけど……」

「なにぃ!?　俺様にそんなに興味ないのか。やい、フラウ・フル・フラン！　ちょっとくらいは興味をもて」

「うるさい。黙《だま》れ」

肩を怒《いか》らせて御者台に立ちあがったミスリルの頭を、軽く指で叩《たた》いたのは、黒い瞳と黒髪の、黒曜石の妖精シャル・フェン・シャルだった。自分がここまで乗ってきた馬を、シャルは既《すで》に、近くの立ち木に繋《つな》ぎ終わったらしい。フラウにも、自分が馬を繋いだ立ち木を目顔で示す。

「フラウ。おまえも、馬を繋げ」

促《うなが》されたフラウは、その場から逃《に》げるように馬を引いていく。ミスリルはぎゃんぎゃんと、シャルに食ってかかる。

「俺様の頭を叩いたな！　肩に頭がめり込んだら、どうしてくれるんだ」

「口までめり込めば、静かになるな。今度はもっと強めに叩くぞ。あの女が気になるのはわかるが、うるさい」

「おまえ、自分がフラウの能力にやられたくせに、気になんないのかよ」

「騒《さわ》がなくとも気をつけてる」

そう言ったシャルは、馬を繋いでいるフラウの背を鋭《するど》く見やる。

「なにもしないとフラウが誓《ちか》ったとしても、俺にもアンにも、奴《やつ》は近づけない」

ギルバートが、おずおずとシャルとミスリルをふり返った。

「なあ、二人とも。あまりフラウのこと、そんなに言わないでやってくれないかい。彼女、本当に何もしないから」

しかしシャルは、腕組《うでぐ》みしてギルバートを睨《ね》めつける。

「しただろう？　俺に」

声の低さにたじろいだギルバートとシャルの間に、アンは慌《あわ》てて割って入った。

「えっと、でもね、シャル。あれはまだ色々わかる前だったたし。フラウはシャルのことが怖《こわ》くて、咄嗟《とっさ》にやっただけだって言ってたし」

「やったことに変わりない」

「そうだけど……」

頑固《がんこ》なシャルの態度に、アンはほとほと困ってしまう。

ただシャルがフラウを警戒するのは当然だった。彼はフラウに触れられ、記憶が混乱し、あわや、妻であるアンを傷つけるところだったのだから。

（ちょっとやそっとじゃ、信用できないわよね）

妖精セラが作った楽園を後にして、アンたちはコッセルにやってきた。コッセルまでの道程は一日半。旅の道連れになってまだ二日目なのだから、互《たが》いに互いを信用しろというのも、無茶な話かもしれない。

（妖精同士だって、信頼《しんらい》し合うのは難しいのに。妖精と人なら、なおさらよね）

ふと、そんなことを思うのは、ギルバートが隣《となり》にいるからだろう。彼はセラたちと十年も一緒に楽園で過ごしてきたが、ずっと信頼されず、記憶を奪《うば》われた上で操《あやつ》られていたのだ。

妖精たちの楽園が失われるそのときになって、ようやく彼はセラの信頼を得られた。かなりの時間が必要だったことは否《いな》めない。

「まあ、とにかく。フラウは今、パパやわたしたちと一緒に、十七年前に何があったか調べるって言ってくれてるんだから、仲良くしよう。過去を知るのに、フラウの能力があれば助かるじゃない？」

つんとシャルはそっぽを向き、不機嫌《ふきげん》そうな横顔を見せる。

「助かるだろうが、信用はしない」

こんな態度をとっていながらシャルがフラウの同行を容認《ようにん》しているのは、彼女の能力を危険視するのと同時に、期待するところがあるからだ。

楽園の妖精セラに記憶を奪われたギルバートは、今から十年前より過去の記憶が無い。アンとアンの母親エマは、十七年前に、ここコッセルで内乱に巻き込まれて父親ギルバートと死別したことになっている。しかし今目の前にいるギルバートは、アンの父親の可能性があった。彼が本物の父親だとしたら、十七年前この町で何があって、なぜアンとエマはギルバートと離《はな》ればなれになったのか――。

それを知るためにアンは、シャルとミスリルにお願いして、ギルバートとフラウと一緒にこの町にきた。

過去を知る手がかりは、たった一つ。ギルバートがセラと出会ったときに所持していた、コッセルの宿屋、駒鳥亭の発行した馬の預かり証のみ。フラウの能力に期待するとしても、まずとっかかりが必要で、それがこの宿になるはずだった。

十七年も前の宿屋なので今も存在するのかは、来てみないとわからなかったが、来てみれば幸運なことに、駒鳥亭《こまどりてい》はちゃんと営業している。

「でも。なんか妙《みょう》に新しいなぁ。壁《かべ》の石組みなんか古い感じがあるけど、扉《とびら》とか窓とか」

ミスリルは宿屋の全景を眺《なが》めた。

駒鳥亭は石造り二層の建物。礎《そ》石《せき》や壁などには風化が見られるが、窓枠《まどわく》や扉などは、木目が黒ずみきっておらず、白い部分が多い。

シャルが、礎石の一部を指さす。

「十七年前の内乱の時に、コッセルの町は焼かれた。この建物も、石造り以外の部分が燃えたんだろう。見ろ」

黒く焦《こ》げた跡《あと》が、シャルが指さす礎石にある。

石造りの部分が残った駒鳥亭はまだ、被《ひ》害《がい》が少なかったのかもしれない。周りの建物を見回せば、礎石が新しい建物も多い。

「ほとんどの建物は十七年前の内乱以降に建てられているために、町全体が新しい」

「確かに、町そのものが新しいよね」

シャルに言われ、アンは周囲を見回す。

コッセルの町は縦横に区画整理され、街路は整然と垂直に交わっていた。街路樹も等間隔《とうかんかく》に植えられ、どこの町にも一つ二つはあるシンボル的な巨樹《きょじゅ》は見当たらない。

十七年前の内乱で一度焼き尽《つ》くされ、そこから計画的に復興したのがコッセルなのだ。

（この町で十七年前、なにがあったんだろう）

ギルバートは失ってしまった過去が不安で、自分の輪郭《りんかく》を確かめるように過去を探《さぐ》りたいと願っているらしい。今の自分のために過去を知りたいのだ。

一方アンは過去を知って何が得られるのか——知りたいと願いながらも、得られるものは自分でもよくわからない。

「よし。じゃあ、駒鳥亭に入ろうか」

馬を繋いできたフラウが戻《もど》ってくると、アンは馬車を宿の軒下《のきした》に寄せて止める。

五人揃《そろ》ったところで、アンは宿屋の扉を開いた。

開け放ってある大きな窓から、食堂を兼《か》ねているホールに風と日射しが入ってくる。六組のテーブルと椅子《いす》のあるこぢんまりした食堂で、奥にカウンターがある。カウンターの端《はし》は帳場のようになっており、宿の受付を兼ねているらしい。

昼をずいぶんすぎた時間だったので、食堂の客は男一人だけで、遅《おそ》めの昼食をとっているようだった。骨付き肉の煮込《にこ》みスープを口に運んでおり、入ってきたアンたちに顔を向けたものの、すぐに皿に視線を戻し、自分は忙《いそが》しいのだと言わんばかりに黙々《もくもく》と食べ続ける。

出入り口の扉に取り付けられていた鈴《すず》の音で、人が入ってきたことを知れたらしく、カウンターの奥からなまず髭《ひげ》をはやし、洒落《しゃれ》たベストを身につけた中年の男が出てきた。

「いらっしゃい。お食事ですか？　お泊《と》まりですか？」

　小さな宿ではあるが、主人の物腰《ものごし》や食堂の内装からすると、アンがかつてルイストンで常宿にしていた風見鶏亭《かざみどりてい》よりも格が上の宿屋のようだった。

「伺《うかが》いたいことがあって来たんですけど。わたしは、ルイストンの近くに住んでいる、銀砂糖師のアン・ハルフォードという者です」

「銀砂糖師？　本当ですか」

　珍《めずら》しげに高くなった宿の主人の声に、食堂にいた先客の男が、スプーンの動きを止めた。半ば顔をあげてアンの方を見た。

　アンはその視線に気づきはしたが、さほど気にはせずに宿の主人との会話を続ける。

「はい。王家勲章《くんしょう》を拝領しています」

「見ればお若い、しかも女性とは珍しいですね。その銀砂糖師さんが、わたしに聞きたいことがあると？　答えられることなら喜んで答えますが、なんですか？　可愛《かわい》らしいお嬢《じょう》さん」

　愛想《あいそ》の良い宿の主人に、シャルがどことなく面白《おもしろ》くなさそうな顔をしている。彼が宿の主人にいやみでも言わないかと、ちょっとハラハラしたが、シャルが口を開く前にギルバートが進み出た。

「十七年前、僕は、駒鳥亭に馬を一頭預けているみたいなんです。ギルバード・ハルフォードという名で」

　妙な言い回しだと思ったのか、宿の主人が訝《いぶか》しげな顔をする。

「預けているみたいとは、どういう意味ですか？　ご自分でお預けになったのでは？」

「実は……僕は記憶《きおく》を、なくしているんです。十年前より過去のことは何も覚えていなくて」

「記憶を？」

強《こわ》ばった面持ちでギルバートが頷《うなず》くと、主人は「それは、お気の毒に」と眉尻《まゆじり》をさげた。

「それで僕は、過去の自分に何があったのか知りたくてコッセルに来たんです。この預かり証がずっと昔から手元にあったので、何かの手がかりになるかと思って」

言いながらギルバートが差し出した預かり証を、宿の主人は覗《のぞ》き込む。

「確かに古いですね。これは、わたしが駒鳥亭を譲《ゆず》り受ける前に、発行されたものでしょう。わたしが譲り受けてから、宿帳から何から、色々刷新したので」

「ご主人が宿を譲り受けたのはいつですか？」

アンが問うと、主人はすぐに答えた。

「町が焼かれた戦《いくさ》の二年後に譲り受けたので、十五年前ですかね」

「譲り受ける前の宿帳とか、お手元には？」

過去の宿帳や馬の預かり帳があれば、そこにギルバートの名があるはずだ。連れの名も記されているはずだし、宿泊《しゅくはく》期間などもわかる。

それを手がかりに、別の角度からギルバートの過去を探れる可能性が高い。

期待を込めた質問に、主人は首を横に振《ふ》った。

「わたしの手元には、あいにく」

ギルバートは項垂《うなだ》れる。

「そうですか……。そうですよね。十七年も前で、経営者も違《ちが》っていたら」

気の毒に思ったのか、主人が慌《あわ》てて言う。

「あ、でも。戦禍《せんか》で焼けていなければ、引退した先代の経営者の手元にはあるかもしれないですよ。良かったら連絡《れんらく》をしてみましょうか？　宿をわたしに譲ってから隠居《いんきょ》生活をしているはずですから、暇《ひま》だと思います。コッセルに住んでいますし」

「お願いできますか!?　どうか、お願いします」

勢いこんで頭を下げるアンに、主人は「ちょっと座って待っていてくださいね」と言って、奥へ引っ込んでいった。

アンたちがテーブルの一つに腰掛《こしか》けて待っていると、宿の従業員らしい少女が注文をとりに出てきたので、それぞれお茶やワインを頼《たの》んで主人の帰りを待った。

「なぁ、アン。あいつ、アンの方をずっと見てないか？」

テーブルの中央に座り込み、ワインのカップを抱《かか》えながら、ミスリルが小さな声で言いつつ、ちらっと視線を動かす。視線の先には、先客の男が座っている。

男はアンたちが入ってきたときには、食事に集中していたようだったのに、今は時々こちらに視線を向け、考え込むようにスプーンの手が止まっていた。

「あの男。おまえが銀砂糖師と名乗ってから、こちらを気にしはじめた。あの顔、見覚えがあるか?」

とうにシャルも気づいていたらしく、鋭《するど》い横目で男の方を見やる。男は職人風の身なりをしているので、同業者かもしれなかった。しかし知らない顔だ。

「ううん、知らない人。女の銀砂糖師なんて胡散臭《うさんくさ》いって思って、見てるのかもね」

実際、知らない土地に行ったときや、知らない人に会ったときなど、銀砂糖師と名乗ると怪訝《けげん》な表情をされることはよくあるのだ。

スープが空になったらしく、男はゆっくり立ちあがった。「ごちそうさん」と、奥へと声をかけると、従業員の少女が小走りに出てきた。

「鎮魂祭《ちんこん》まで、あと十日ですね。ワッツさん、今、大変でしょう?」

愛想良く代金を受けとりながら少女が問うと、ワッツというらしい男は鼻を鳴らす。

「今年は大変だ。あの若造教父が、口うるさいからな」

忌々《いまいま》しそうなワッツをいなすように、少女は笑う。

「あら、そんなこと言ったらマクレガン教父のファンに、怒《おこ》られちゃいますよ。うちのご主人だって、大ファンですから」

「年寄りに受けがいいからな、あいつ」

嫌《いや》みったらしく言うとワッツは出て行き、少女は、ありがとうございました、と笑顔《えがお》で見送り奥へと入った。

それを見ていたアンは、首を傾《かし》げる。

「ねぇ、鎮魂祭なんてお祭、聞いたことある？」

母親のエマと一緒《いっしょ》に王国中を旅したアンだったが、そんな名の祭は知らない。この地方独特の、昇魂日《ブル・ソウル・ディ》に似たものかと思うが、昇魂日は真冬のもの。秋に似たような祭をすることなど、あるだろうか。秋は実りの季節で、どの地方でも収穫《しゅうかく》を祝う楽しい祭が行われるのが一般《いっぱん》的だ。

「知らんな」

百年以上生きているシャルも、肩《かた》をすくめた。ミスリルは指を立てる。

「あれかな？　昇魂日は寒いからさ、前倒《まえだお》しでさっさと終わらせちまうとか」

「国教が定めた祭の日を、勝手に変更《へんこう》してるなんて聞いたことないですけど……」

フラウのもっともな突《つ》っ込みに、ギルバートも「確かにね」と、頷く。

「そんなもの、ここの町の連中がまとまって横着なのかもしれないだろう」

「国教会の教父が、黙《だま》ってないんじゃないかい？」

ギルバートの意見に、ミスリルが胸を張って答える。

「教父も横着なんだよ」

横着者と決めつけられたコッセルの教父はいい迷惑《めいわく》だなと、アンは苦笑《くしょう》する。

「まあ、また誰《だれ》かに聞いてみよう。お祭だったら、この町の作法に従う必要があるし」

アンの手元のお茶のカップが、ほとんど空になる頃《ころ》に、主人が戻《もど》ってきた。カウンターを回り込み、食堂のホールに出てきた彼は、両脇《りょうわき》に麻紐《あさひも》で括《くく》られた帳面を何冊も抱えている。

「大変、お待たせしました」

息を切らしながら、主人はアンたちのテーブルにやって来ると、抱えていた紙束をどかっと置く。

「あの、これは？」

「先代の主人は風邪気味《かぜぎみ》で寝込《ねこ》んでまして、お目にかかれなかったんですが。そのかわりお孫さんにあなたたちの用件を伝えると、過去の宿帳や預かり帳を物置から出してくれました。それが、これです。自由に調べて頂いてもかまいませんよ。なんならもう必要ないものなので、そのまま処分してくださいってことです」

宿の主人は「さしあげますよ。貰《もら》っても困るかもしれませんが」と、おどけて肩をすくめる。

「わざわざ、ありがとうございます。ここまでして頂いて」

立ちあがってアンが頭を下げると、主人は照れたような笑顔を見せた。

「たいしたことはしてませんよ。それはここで見てくれて、かまいません。夕食で混み合うまでには、まだ時間がありますからね。御用《ごよう》があったら、お呼びください」

そう言って主人は、カウンターの奥へと入っていった。

積まれた帳面を、ミスリルは高さを測るように、目の上に手をかざして見あげる。

「こりゃ、調べるのは大変だなぁ」

「でも、五人もいるんだもの。手分けすれば、すぐに終わるはずよ」

目の前の古い帳面の中に求める過去があると思えば、やる気もわいてきた。

腕《うで》まくりしたアンが帳面を括った紐《ひも》を解くと、ギルバートが一番上にある、預かり帳らしい一部を取った。続いて、シャル、フラウ、ミスリルと次々に手を伸《の》ばす。アンも椅子《いす》に座り直し、気合いを入れ、宿帳の一冊を手にした。

冊数は多かったが、記載《きさい》されているのは名前や日付、代金などの一覧だ。一ページ目を通すのは造作もない。

しかもギルバートの持っていた預かり証には日付も記載されているので、その日付の前後を確認《かくにん》するだけで良かった。

「ギルバート・ハルフォード。宿帳に名がある」

暫《しばら》くするとシャルが、手元の帳面を、開いたままテーブル中央へ押し出す。

アンとギルバートは身を乗り出し、ミスリルも帳面に手をかけて覗き込む。

フラウも立ちあがり、帳面を覗き込もうとテーブルに手をつこうとしたが、その手がアンの手に触《ふ》れそうになった。

「フラウ」

小さな声だが、鋭くシャルが言った。フラウははっとシャルの方を見やってから、自分の手に気づいたように慌てて引っ込め、諦《あきら》めたように椅子に深く座り直す。

ギルバートは何かシャルに言いたそうな目をしたが、彼が口を開く前に、アンはシャルをやわらかくたしなめた。

「……シャル。なにも、そこまで……」

「いいの、アン。かまわない」

アンの言葉を、フラウが遮《さえぎ》る。

「これは当然のことで、慣れてる。こんなふうに怖《こわ》がられるのは」

淡々《たんたん》と口にするフラウは無表情で、腹を立てたり哀《かな》しんだりしているようには見えなかった。光の反射が強すぎてガラスの作りものめいた、少し気味悪さすらある瞳《ひとみ》の色のせいかもしれないが、彼女の感情は読み取りづらい。

「でも」

「いいの、アン」

ギルバートは気遣《きづか》わしげにフラウを見ていた。

シャルは金の瞳を見返す。金の瞳と黒い瞳、どちらも互《たが》いに感情を見せまいとしているようだ。かすかな緊張感《きんちょうかん》が二人の間にはある。

「えっ!? おいっ！　こっちにも、ギルバート・ハルフォードの名前があるぞ」

ミスリルが、傍《かたわ》らに山と積まれている預かり帳に目をやった途端《とたん》に声をあげ、一番上の一冊を指さして、山から引っ張り出す。

「見ろ、ここも」

それをきっかけに、アンとギルバートは、再び宿帳と預かり帳を覗《のぞ》き込む。

シャルが見つけた宿帳には、確かにギルバート・ハルフォードの名がある。長期滞在《たいざい》だったらしく宿泊《しゅくはく》期間は十日間。さらに。

「これ！　今、俺様が見つけた」

自慢《じまん》たらしく、預かり帳の一冊をテーブル中央に引きずり出してきたミスリルの鼻息は荒《あら》い。背にある小さな片羽が、ぴんと張ってきらりと光った。

宿の宿泊者が、馬や馬車、大量の荷物など、部屋に入れられないものを宿の所有する倉庫に預ける。それを宿は預かり帳に記録し、出発するまで保管する仕組みがある。

預かり帳を見ると、ギルバートが宿泊した初日と同じ日付があり、馬一頭を預かったことになっていた。

「……あれ？」

アンは首を傾げた。

「この預かり帳の日付……おかしくない？」

本来ならば馬が倉庫から引き出される日付は、ギルバートが宿を発《た》つ日のはずだ。

しかし馬が引き出された日付は、ギルバートが宿を発ってから五日後になっている。しかもその日付の隣《となり》に、何かの符丁《ふちょう》がつけられていた。他《ほか》の宿泊者が預けている馬や馬車、荷物にはついていないものだ。

「この印はなんだろうね？」

ギルバートが首をひねった。

「聞いてみよう。すみません、ご主人」

該当《がいとう》の宿帳と預かり帳を手に取ると、アンはカウンターに走った。そこから奥へ呼びかけると、何かの作業中だったのか、布で手を拭《ふ》きながら宿の主人が出てくる。

「はいはい、お呼びですか？」

「すみません。昔の預かり帳を確認していたんですが、この部分、この記号の意味はわかりますか？」

どれどれと預かり帳を覗きこみ、宿の主人は「ああ」と眉《まゆ》をひそめた。

「流れたんですね」

「流れる？」

「宿泊者が宿泊代金を払《はら》えなかったときなんかに、代わりに預けた馬や荷物を売って支払いに充《あ》てるんですが、これは、この馬がそうなったって意味です。えっと……」

と、主人は宿帳と預かり帳を見比べると、さらに表情を険しくした。

「このハルフォード氏は……あの方のことですかね？」

アンの肩越《かたご》しに、テーブルに座るギルバートの方へ、主人は視線をやった。

「おそらく」

「ええっとですね」

と、主人はカウンターの上に、アンの持ってきた宿帳と預かり帳を並べ置き、見比べる。

「宿帳によると、ハルフォード氏は十七年前、十日間宿泊してますが、馬が流れたのは出発の五日後です。ということは……ですね……」

そこで主人は声をひそめた。

「申し上げにくいですが。ハルフォード氏は、宿泊代を支払わずに宿を発った可能性がありま す。預けられた馬は宿が管理している倉庫に入っていますから、ハルフォード氏は連れ出せなかったのでしょう。その馬を宿の主人が売って宿泊代に充てたのかもしれません」

「え……ってことは、宿泊代の踏《ふ》み倒《たお》し……」

「の、可能性があるというだけです。また別に、何かの事情があって宿泊代の代わりに馬を置いていくと、ハルフォード氏が宿の主《あるじ》と交渉《こうしょう》した可能性もありますし。ただ、大概《たいがい》こういったときは踏み倒しでして」

アンは、ぽかんとしてしまった。

(パパが、十七年前に宿代の踏み倒し――っ!?)

十七年前にアンたち一家に何があって離《はな》ればなれになったのか知るためなのだから、それなりの覚悟《かくご》と緊張感をもって調べ始めた。

しかし——初っぱなに判明したのが、父親が宿代を踏み倒した事実。

これは怒《おこ》れば良いのか、嘆《なげ》けば良いのか、はたまた呆《あき》れて笑えば良いのか。

ひきつるアンの顔を見て、宿の主人はあたふたと言葉を続ける。

「可能性があるというだけで、確定ではありませんよ？　それに馬を売れば、宿屋の方は十日分の宿泊代以上のお金を得られているはずですから、まあ、損害は被《こうむ》ってないでしょうし」

「でも道義的に問題ある行為《こうい》だったってことですよね。もしそうだったら……すみません……。テーブルにいるあの人、ギルバート・ハルフォードは、わたしの父かもしれない人なんです。本人が記憶《きおく》をなくしているから、定かじゃないですけど」

肩をすぼめて小さくなったアンに、宿の主人は苦笑《くしょう》する。

「いえいえ、わたしが宿を譲《ゆず》られる前の話ですからね。今、宿代を踏み倒されなければ良いですよ」

小さくため息をつき、アンはカウンター脇《わき》にある窓へ目をやった。既《すで》に午後の遅《おそ》い時間で、太陽の位置も低くなっている。

そろそろ、今夜の宿を探さなければならない時間だ。

「今夜から、わたしたち五人こちらの宿に泊《と》めてもらえますか？　部屋は二部屋で。宿泊代は前払いします」

どうせコッセルで宿を取らなくてはならないのだ。ギルバートがかつてこの宿に迷惑《めいわく》をかけたとしたら、今、ちゃんと宿泊して対価を払って売り上げに貢献《こうけん》するべきだった。ただ、かつて宿代を踏み倒した男を含《ふく》む一行となると主人も不安なはずなので、前払いを申し出た。

アンの気持ちをくんだらしく、主人は微笑《ほほえ》む。

「ええ、大丈夫《だいじょうぶ》ですよ。お部屋をご用意しましょう」

お願いしますとアンが頭を下げると、主人は部屋の用意をするために奥へ引っ込んだ。

宿帳と預かり帳を手にアンはテーブルに戻《もど》り、ひと息ついて、手にある二冊をテーブルの上に開いて置く。

「どうだった？」

シャルに問われる。

「えっ……と。まずね、報告。今夜から、この宿に部屋を取って泊まろうと思うの」

「ここに泊まるのか!?　やったぁ」

ぴょんと跳《は》ねて、ミスリルが嬉《うれ》しそうな声を出す。しかしすぐに心配げな顔になる。

「でもさ、この宿、いつもアンが選ぶ宿よりも高そうだよなぁ。大丈夫か？」

「確かに、おまえらしくない選択《せんたく》だ。何かあったのか？」

常日頃《つねひごろ》のアンの貧乏性《びんぼうしょう》——、質素ぶりを知る二人から心配と疑問を呈《てい》されて、あははっと乾《かわ》いた笑いを返す。

「うん。宿代は大丈夫。いつも倹約《けんやく》してるから、このくらいの宿なら平気。相談もなく、ここに泊まるって決めちゃったのは悪かったけど。宿のご主人に申し訳なかったから、少しでも何かできないかと思って」

「申し訳ない？　おまえが申し訳なく思うことがあるのか？」

「それは、なんていうか。わたしじゃなくて。わたしたち一行として申し訳ないから、ここに泊まるべきだなって思ったの」

　言葉を選びながら、アンは続けた。

「十七年前にパパが駒鳥亭《こまどりてい》に十日間宿泊した時、宿代を踏み倒した可能性があるみたい……。だからなの」

　シャルの目に軽蔑《けいべつ》の色が浮《う》かび、フラウは不思議そうに首を傾《かし》げ、問うようにギルバートの方を見るが、当人は、ぽかんとした表情だ。

「踏み倒し？　僕が？」

「おっさん、そんなみっともないことしたのかよ」

　ミスリルは顔をしかめた。

　何か言い訳したそうに、口をもごもご動かしたギルバートだったが、何も思いつかなかったのかガックリと肩を落とす。

「覚えてないこととはいえ……申し訳ない。恥《は》ずかしいよ」

「ギルバート」

横に座っていたフラウが慰《なぐさ》めるように彼の肩に触《ふ》れる。

「そうかもしれないってだけだから、パパ。それよりも、ねっ！　どうしてそんなことをしたのか、それを知らなきゃいけないと思うの」

身に覚えのない過去の罪を突《つ》きつけられた父親を励《はげ》まそうと、アンは明るい声を出した。

「のっぴきならない事情でそんなことをしたのなら、そこから家族が離ればなれになった経緯《いきさつ》がわかるかもしれないし」

宿帳と預かり帳に視線を落とし、アンはふと気づく。

（あれ？　この宿帳）

宿帳のギルバート・ハルフォードの署名の下に、連れの名は記されていない。ということは、彼は十七年前一人で宿泊《しゅくはく》したのだ。

「考えてみたら、これも変よね？」

アンは宿帳を、みんなに見えるように押し出す。

「宿泊者はギルバート・ハルフォードのみでしょう？　連れの記載《きさい》がないから、連れはいないのよね。わたしとママが一緒《いっしょ》に泊まっていたら、預かり帳には箱形馬車を預けた記録があってしかるべきだし。でもそれがないってことは、パパ一人で十日間も駒鳥亭に宿泊したってことよね。パパが一人で宿に泊まっている十日間、わたしとママは、どこで何してたの？」

宿帳を覗《のぞ》き込んだシャルは、考え込むように顎《あご》に指をやる。

「確かに。一日、二日ならば、まだしも。十日間は長い」

「この時、既に、アンたちとおっさんは、離ればなれになっていたのか？」

ミスリルが目をくりくりさせて問う。アンは考え込む。

「でも、ママとパパがコッセルで内戦に巻き込まれたのは事実だと思う。じゃなきゃママが、コッセルの市街戦のことなんか口にしないだろうし……。パパが駒鳥亭に宿泊していたのは、町が焼ける前みたいだし」

宿帳を見ると、ギルバートが宿を出た二十四日後から記載が途切《とぎ》れている。再び宿泊者の名前が並ぶのは、ページを新たにして一年半後。

空白の始まった時にコッセルが戦禍《せんか》に遭《あ》ったのだ。

ギルバートも顔をあげ、難しい顔をする。

「本当だね。なんで僕は妻子と離れて、十日間も。しかも宿代を踏み倒してる」

「夫婦《ふうふ》喧嘩《げんか》でもして、ふてくされて一人で家族と別の宿に泊まってたのかもなぁ」

にやにやとミスリルが笑って言うが、真面目《まじめ》に考えての発言ではない。妄想《もうそう》を膨《ふく》らませ面白《おもしろ》がっている。

「あの。アン。わたし……」

フラウが、おずおずと口を開く。

「わたし、役に立つわ。この宿、石造りの部分は昔のまま、十七年前の内乱以前からあるものなのよね？」

「そうみたいだけど」

「だったら、お部屋も、多少の改装はされていても、昔のままのはず。十七年前、ギルバートが宿泊した部屋も。その部屋の記憶を読めば」

ミスリルが指を鳴らす。

「そうか！　フラウ！　おまえ、宿り木の妖精《ようせい》だもんな」

「え？　宿り木？」

初耳だったので、アンは思わず問い返す。

「あれ？　アンは聞いてなかったか？　フラウは宿り木から生まれた妖精なんだぞ。宿り木ってのは、宿主の中に入り込んで宿主と馴染《なじ》むから、フラウみたいな能力の妖精が生まれるんだろうな。けどフラウ。おまえ、自分がなにから生まれたか、なんで皆《みんな》に言いふらさないんだ？」

シャルが鬱陶《うっとう》しそうに「おまえじゃあるまいし」と呟《つぶや》き、フラウも困った顔をする。

「そんなこと、言いふらす必要ないし……あなたにだって、しつこく訊《き》かれなければ教えようと思わなかったし」

「なんだよ、皆。自己主張が足りないなぁ。そもそも俺様たち妖精ってのは」

ミスリルの説教とも演説ともつかない長話が始まりそうな気配がし、シャルがとんでもなく嫌《いや》な顔をしたので、アンは慌《あわ》てて話に割り込んだ。

「とにかく、フラウが能力を使って十七年前にパパが宿泊した部屋の記憶《きおく》を読めば、その時の状況《じょうきょう》がわかるってことよね。それ、最高の手がかりになるかも」

「ええ」

金の髪《かみ》をふわっと揺《ゆ》らし、フラウは頷《うなず》く。わずかだが、目に嬉しそうな色が見えた。

「わたしが読めるのは、人や物の記憶。でもそれは、映像として見えるだけで、映像の意味はわからないし、音も聞こえないの。だとしても、その場に誰《だれ》がいてどんな様子だったか、何をしていたかは見ることが出来る。きっと手がかりになる」

「ただ、僕がどの部屋に宿泊したのかは、わからないよ？　そこまで宿帳には、記載されてない」

そう言ったギルバートに、フラウは安心させるような目を向ける。

「全部の部屋の記憶を読めば良い。どの部屋も、きっと膨大《ぼうだい》な記憶をもっているから、時間はかかるはずだけど。宿の主人にお願いして、お客が出て行った後の、掃除《そうじ》の合間なんかを利用して、全《すべ》ての部屋を順に見させてもらえれば、ギルバートが宿泊した部屋を突き止められるし、そこで十日間ギルバートがどんな風だったかを見られる」

「でも、フラウ。君も能力を使うと随分疲《ずいぶんつか》れるだろう？　それぞれ膨大な記憶をもっている部屋を全部だなんて、そんな負担を君に」

ふっと、フラウが微笑《びしょう》する。

「平気。ギルバートのためだもの」

アンは、フラウの表情にどきりとした。

(……あ。笑った)

出会ってはじめてアンは、フラウの笑顔《えがお》を見た。

これまでは彼女の不安そうな表情か、無表情しか、見たことがなかった。微笑した彼女は、独特な輝《かがや》きのある瞳《ひとみ》がやわらかく見えて、木漏《こも》れ日に似た儚《はかな》く優《やさ》しい印象を受けた。いつもは気味が悪いようにすら見える金の瞳が、少し色を変える。

ギルバートがエマと出会って結婚《けっこん》する前から、フラウはギルバートの故郷キャリントンで、十年も彼と一緒にいたと聞いた。

ギルバートの年齢《ねんれい》は定かではないが、エマと大差がないと考えると、おそらく今の年齢は四十代半ば。外見とも一致《いっち》する。となると十代の頃《ころ》にギルバートはフラウと出会い、キャリントンで一緒の時を過ごした友だったということ。

友だちとは言うが、実際二人はどんな仲だったのだろうか。

エマと恋《こい》をして結婚したので、ギルバートにはフラウへの恋愛《れんあい》感情はなかっただろうと推測できるが、フラウの方はどうだったのだろうか。

二人とも恋心なんてものはなく、純粋《じゅんすい》な友情しかなかったのだろうか。

（どちらにしてもフラウは……パパのことをとても好きなんだ。ずっと、昔から。今も）


「さすがに良い宿。綺麗《きれい》」

駒鳥亭《こまどりてい》の部屋に入ると、アンは部屋の中を見回して目を輝かせる。その様子にシャルは、思わず笑ってしまう。

「そんなに嬉《うれ》しいなら、宿を使うときはいつもこの程度の宿にしろ」

「ううん。いつもは今まで通りでいい。身の丈《たけ》に合ってるから。それにいつもこんな素敵《すてき》な宿に泊《と》まったんじゃ、ありがたみがなくなるもの。たまに良い宿に泊まるから、特別に嬉しいのよ」

言いながらベッドに腰《こし》を下ろし、「わぁ、ふかふか」と喜んでいる可愛《かわい》らしい妻の隣《となり》に、シャルも腰を下ろす。

アンが取ったのは二部屋で、一部屋はフラウとギルバート、もう一部屋をアンとシャル、ミスリルのために取ったらしい。しかし部屋割りを聞いたミスリルが、フラウとギルバートの部屋で寝《ね》ると言い出した。あれほどフラウを怖《こわ》がっているにもかかわらず――だ。

ギルバートもフラウも、別にかまわないというので、ミスリルは彼らの部屋で寝ることになった。

だが、ミスリルがただおとなしく寝るつもりはないだろうと、シャルは確信している。

なぜなら二組に分かれて部屋に入る直前、シャルの肩《かた》に飛び乗ったミスリルが耳元で「俺様の気遣《きづか》いを無駄《むだ》にせず、アンと仲良くしろよ」と囁《ささや》いたからだ。

アンとシャルを二人きりにして油断（？）させておいて、ミスリルは二人の仲睦《なかむつ》まじい様子を、のぞきに来るつもりだ。窓からのぞくか、鍵穴《かぎあな》からのぞくか、色々思案している頃だろう。

なぜミスリルが自分たちとは別の部屋を希望したのか、アンにはわからないらしく、「気分を変えたいのかな？」と的外れなことを言っていた。シャルはミスリルの悪趣味《あくしゅみ》もここまで来たかと、うんざりした。

しかしこれは良い機会だった。

日頃《ひごろ》常に一緒《いっしょ》にいるミスリルが、今は離《はな》れている。彼の悪趣味を徹底《てってい》的に阻止《そし》すれば、シャルとアンにとっては今までにない、二人きりの親密な時を過ごせるのだ。

（あいつの悪趣味も、利用できれば悪くない）

隣に座るアンの頰《ほお》に触《ふ》れようと手を伸《の》ばしかけたそのとき、勢いよく、アンがこちらを向く。

「ねぇ、シャル。フラウって、パパのこと、とても好きそうよね」

唐突《とうとつ》な質問に面食《めんく》らい、手が止まった。

「なんだ？　急に」

「さっきフラウが笑ったよね」

問われて首を傾《かし》げる。

「あの女が笑った？」

彼女の動きには気を配っていたが、表情などはいちいち気にしていない。

アンはシャルの方へ身を乗り出す。

「見てなかった？　さっきパパがフラウに負担をかけるって心配したとき、フラウが笑ったの。平気だって言って。ギルバートのためだもの、って。フラウは、パパがママと結婚する前から、パパのこと知ってるのよね。それにパパと再会してから、一年一緒にセラの楽園にいて、パパのために色々してくれてたみたいだし。とてもパパのこと好きなんだと思う。ママとパパの間に何があったのかは、当然すごく気になるけど——、フラウとパパって、どんな関係だったのかも気になるの」

「気になるなら本人に訊け。フラウに訊けばすぐわかる」

「それほど親しくないのに、もしかしたら繊細《せんさい》な問題かもしれないことを、根掘《ねほ》り葉掘り訊くなんて……」

疑問を覚え、思わずシャルは問う。

「なぜだ」

「え？」

「エマとギルバートのことを知りたいと思うのは、わからなくもない。ただフラウとギルバートのことは、おまえには関係ないはずだ」

シャルの問いにアンは「そうだよね」と呟《つぶや》き、自分でも不思議そうな顔をした。

「……どうしてかな？」

自分でも理由がわからないことが、どことなく不安なのだろう。

ギルバートとともにコッセルまで来る決意をアンがしたのは、なにがあってハルフォード一家が離ればなれになったのか、理由を知りたいからだ。

アンの話を聞く限り、母親のエマは父親のギルバートを愛していたようだ。そしてギルバートとおぼしき男も、妻子を放《ほう》り出す男に見えない。一緒にいられるはずだったろう家族が、なぜか離ればなれになった。そしてアンとエマは、二人だけで旅し、アンは旅の中で育った。

自分の人生の出発点になにがあったのか、知りたいのが人情だろう。

一方のギルバートとフラウのことは、アンには無関係だ。にもかかわらず、気になるという。

紫紺《しこん》の瞳をした妖精《ようせい》の姿が、ふとシャルの脳裏《のうり》をよぎる。

「人と妖精だからか？」

問うと、アンはシャルを見つめて何度か瞬《まばた》きした。

「そうかも……しれない」

呟くと、アンは自分の心を覗《のぞ》き込もうとするかのように、視線を膝《ひざ》に落とす。

「パパが結婚したからって、フラウが大切な友だちなら、ママとパパとフラウの三人で旅する方法もあったじゃない？　シャルとミスリル・リッド・ポッドと、わたしみたいに。けどフラウはそうしなかった」

「ギルバートにとっては友だちでも、フラウにとっては違《ちが》ったかもしれない」

かつて、アンへの好意が芽生えはじめた頃。シャルは、アンとキースが楽しげにしている姿を見て、人は人と恋をして結ばれ、ともに過ごすのが最も幸福なのかもしれないと感じたことがあった。そうは思っても、アンとキースの親しげな様子を見るにつけ胸が苦しかった。

あのときアンとキースが結ばれれば、切なさは計り知れなかっただろう。ただシャルは、それでもアンを守るために、彼女に気づかれないように陰《かげ》ながら彼女を守っただろうとは思う。

しかし――フラウはシャルほどには、苦痛に耐《た》えられなかったのかもしれない。

「もしフラウがギルバートを愛していたなら、他《ほか》の女と結婚した彼のそばにいるのは、苦痛だったはずだ。それは妖精と人だから、離ればなれになったということじゃない。人と人、妖精と妖精でも、互《たが》いの思いがかみ合わなければ、離れることにはなるだろう」

「じゃあ、パパとママは？　お互いの思いがかみ合ってても、離れてしまったのはなぜなの？」

シャルがその答えを知っているとは、アンもけして思っていないはずだ。これは自分自身への問いかけなのだろう。それをこうして口にするのは――。

「不安か？」

問われて、アンははっとしたような顔になる。

「……不安？」

「もしかして、おまえはずっと不安なのか？　おまえと、俺やミスリル・リッド・ポッドと、別れがあるかもしれないと」

顔をあげて、アンはシャルを見た。

「そうかもしれない」

応じた声はいつになく頼《たよ》りなく細い。

「わたしとシャルに、妖精と人の違いがあるからだけじゃない。スカーレットとサイラスさんだって、人同士なのに思いがすれ違って離れてしまった。種族の違いや、お互いの思いのかみあわなさや、全然別のところから突然《とつぜん》ふりかかってくる出来事とか。そんなものが、きっとあるって思っちゃう。あるのが当然だって考えてしまう」

アンがもっとのん気な性格なら、思いがけないことが起こる可能性など考えずに、幸福を力《ちから》一杯《いっぱい》甘受していられただろう。しかし彼女は母と二人旅をして成長し、母を失い、それから自分の足で歩いてきたのだ。そんな彼女が、幸せのみで頭を満たせるほど、ぬるい思考でいられるはずはない。

「でも……だから」

唇《くちびる》を軽く嚙《か》み、アンは、床《ゆか》に敷《し》かれたカーペットにしっかりと足をつけると、自分の爪先《つまさき》を見つめる。

「だからね。ママやパパ、フラウのことを知りたいんだと思う。いつか、もしわたしたちに何かの災難とか試練があったとしても、離ればなれにならずにすむように。ずっと大切な人と一緒にいるために、知りたい――わたしたちの未来のために」

アンが口にした理由は、決意の言葉のようにシャルには聞こえた。

（俺の妻は、不安がるだけではない）

シャルは目を細めた。

自分の現在に繋《つな》がる過去から、アンは大切なことを学び取ろうとしている。

離別《りべつ》の想像を口にすることすら不安げなアンの横顔を見つめていると、シャルの中に常にある愛《いと》しさが、さらに大きくなる。

離別の可能性を想像して不安を覚えるのは、仕方ない。アンとシャルは人と妖精。種族が違い、寿命《じゅみょう》すらも大きく違う。その違いがあるからこそ、人と人、妖精と妖精が結ばれる場合より、離別の可能性は高くなり、必然的に不安も大きくなるだろう。

しかしアンは、絶対にシャルやミスリルと離れたくないと思ってくれている。ただ不安を抱《かか》えるだけでなく、離別は回避《かいひ》するのだという強い決意も抱《いだ》いている。

不安と決意という、弱さと強さでアンの瞳《ひとみ》が揺《ゆ》れ、その揺れが可愛《かわい》らしい。

「俺は何があっても、おまえから離《はな》れない」

静かに、強く、口にした。アンの中にある不安を拭《ぬぐ》い去ることはできずとも、それをすこしでも和《やわ》らげ、安心させてやりたかった。

顔をあげ、アンは真っ直《す》ぐシャルを見つめた。

「わたしも、離れないって誓《ちか》ってる。でもパパとママも、そう誓い合っていたかもしれない。それでも離れたかもしれない。だから……」

言葉の続きを、シャルは優《やさ》しく口づけして奪《うば》った。不安を拭うように。

突然の口づけにアンは驚《おどろ》いた顔をした。

「え……シャル。えっと……。このキスは……」

一度唇を離すと、アンは頰《ほお》を染めて、戸惑《とまど》った声を出す。

「おまえと離れない誓い。これから毎日、隙《すき》があれば誓う。離れないと。何度も誓えば、それだけ誓いは強くならないか？　まじないのように」


突然の口づけに、アンはぽうっとした。

「それって、回数を重ねたら誓いが強くなる……ってこと？」

問うと、シャルは頷《うなず》く。

「そう思わないか？」

「……そっか」

と、頷きかけたアンだったが、夫の口づけに麻痺《まひ》しかけていた理性が囁《ささや》く。

（誓いって、回数重ねれば強くなるものだっけ？）

綺麗《きれい》な黒い瞳に見つめられて言われると、鵜呑《うの》みにしてしまいそうだが、回数で誓いが強くなるような理屈《りくつ》はないはずだ。

「回数重ねて強くなるなんてことは、ないかも？」

目の端《はし》に入った、ベッドの上に流れるシャルの羽は薄青《うすあお》の落ち着いた色。その色から、彼がくつろいでいるのだとわかった。

「かも？　確証がないなら回数を重ねてみる。毎日、隙があれば試《ため》す」

その発言で理性が目覚めた。

「そんなの恥《は》ずかしくて身がもたない！」

「身がもつかもたないか、それも確証はないだろう。試せばいい」

と、再び近づいてきたシャルの表情は面白《おもしろ》がっているようだった。

「あるから！　わたしの中ではしっかり確証は、あるから！」

悲鳴に近い声をあげたアンの頭を、不意にシャルが抱えた。

「冗談《じょうだん》だ」

たちの悪い冗談だと抗議《こうぎ》しようかと思ったが、抱《だ》きすくめられると、その気が失《う》せる。冗談と言いながら、シャルは半分本気だったような気がしたからだ。

シャルも、アンと離れたくないと思ってくれているのは、抱きしめられた強さでわかる。彼はアンのように離別の不安を口にしないが、そのかわりに、こうして抱きしめ、理屈はなくとも、まじないのようにキスを重ねて、強い誓いにしたいのかもしれない。

シャルの腕《うで》の優しさから、アンを安心させようとしているのが伝わってきた。

(……シャルは、優しい)

温かいもので全身が満たされる。

ノックの音がした。

「ハルフォードさん。すみません。ちょっと、よろしいですか？　あなたに、お客様なんです」

扉《とびら》の外から、宿の主人の声が呼ぶ。

「あ、はいっ！」

シャルの腕の力が緩《ゆる》んだので、慌《あわ》ててそこから抜《ぬ》け出し、アンは出入り口の方へと駆《か》けた。

(顔。赤くないかな)

両手で頬を触《さわ》ってみて、火照《ほて》っていないのを確認《かくにん》してから扉を開くと、宿の主人が申し訳なさそうな顔でそこにいた。

「すみません。せっかくお部屋に入ってもらって、くつろいでいるところを」

「かまいませんけど。お客様ですか？　わたし、この町にははじめて来たので、知り合いはいないはずなんですが」

「お知り合いではないです。客っていうのは、この町で、五年ほど前から砂糖菓子店《がし》を経営している砂糖菓子職人でして。ブライアン・ワッツという」

何処《どこ》かで聞いたことがある名だと思い、すぐに気づいた。先刻、駒鳥亭《こまどりてい》の食堂にいた職人風の身なりの男が、店の女の子にワッツさんと呼ばれていた。

「さっき、食堂で食事していた人ですか？」

「ああ、そうそう。そいつです。わたしとあなたの会話を聞いていて、あなたが銀砂糖師だとわかったみたいで」

「同業者が、なんの用で？」

アンは困惑《こんわく》した。シャルが立ちあがり、背後にやってくる。

「面倒《めんどう》ごとか？」

腕組みして、彼は宿の主人を見おろす。

なまず髭《ひげ》の主人は、冷ややかなシャルの視線に腰《こし》が引け、首を縮めた。

「いえ、その。会いたくないなら、良いんですよ。帰らせますから」

店を構えている職人は、自分の町に入ってくる流れ者の職人を嫌《きら》うことが多い。仕事を取り合うことになるからだ。応対もせずに追い返しては、余計なトラブルになりそうだ。町の職人と無用なトラブルは避《さ》けたい。

（コッセルに来た目的は仕事じゃないって言っても、信じてもらえるかな？　でも、絶対に仕事をしないとは、言えないのよね。いつまで滞在《たいざい》するかわからないから、宿泊代《しゅくはく》はかさむし。その埋《う》め合わせに、依頼《いらい》があれば仕事をして稼《かせ》ぎたいし。でも、それを正直に言ったら、きっと出て行けとか言われちゃう。喧嘩《けんか》になるかな？）

どう対応するのが最善かと考えて沈黙《ちんもく》したアンに、宿の主人は言う。

「でも、でもですね。できればですが、ワッツと会ってもらいたいんですよ。いやに真剣《しんけん》でね、あいつ。あなたに話を聞きたいとかなんとか。あいつは大仕事の最中なんで、助けてやりたいとも思いますし」

「話を聞きたい？　わたしに文句を言いに来たんじゃ……」

大仰《おおぎょう》に、宿の主人は顔の前で手をふる。

「とんでもない。うちのお客様に対して、そんなふるまいをするようなら、取り次ぎませんよ。あいつは大仕事のことで、あなたの意見が聞きたいようなことを言ってました」

「そうなんですか？　でも、わたしで役に立つことですか？　大仕事ってなんのことだか」

「毎年この時期にある、町にとっても大切な仕事なんですよ。町に住む者としても、ワッツに仕事をしてもらわなきゃ困るんです。食堂で召《め》し上がる食事の代金を、割り引きますので。会ってやってください」

縋《すが》るような目で、主人はアンに言う。

(食事代、割り引き!?)

得体の知れない者ではなく、相手はコッセルに店を構える同業者だ。なんの話がしたいのかは判然としないが、対面するのは問題ないだろう。

しかもアンたち一行は五人。日々の食事代も馬鹿《ばか》にならない。いつもより値の張る宿に宿泊したこともあり、食事代を割り引いてもらえるのは魅力《みりょく》的だった。

「わかりました! 行きます」

勢いこんでアンは応じた。

二章　町の依頼

「十日後に、鎮魂祭《ちんこん》がありまして。その祭のための砂糖菓子を、以前は別の職人が作っていたんですが、亡《な》くなりましてね。五年前からワッツがそれを引き継《つ》いで、毎年砂糖菓子を作っているんですよ」

アンとシャルを背後に従え、二階の廊下《ろうか》を歩き出した宿の主人は、説明をはじめた。

「鎮魂祭ってなんですか？　わたし、知らなくて……」

宿の主人の話を聞きながら、ギルバートとフラウ、ミスリルのいる部屋の前を通ると、中からなにやら、ミスリルが楽しげに喋《しゃべ》っている声が聞こえた。ギルバートとフラウの声は聞こえない。二人はミスリルの話を、おとなしく聞いているのだろう。

彼らの部屋の前を通り過ぎ、階段へと向かいながら宿の主人は、すこしだけ哀《かな》しそうな目をして答えた。

「コッセルにしかない祭ですから、知らなくて当然ですよ。十七年前までは、その日は収穫祭《しゅうかく》でした」

秋のはじめ、ハイランド王国各地では収穫祭が催《もよお》される。それは国教会が定めた祭礼ではなく、人々が秋の実りを祝う、大昔——国教が成立する以前——から続く祭だった。

国教と無関係なため、定まった儀式《ぎしき》もなく、ただ人々がめいめいに各人の家や広場に集まり飲み食いして踊《おど》り騒《さわ》ぐ、村や町をあげての宴会《えんかい》のような趣《おもむき》がある。村や町の通りには、酒を呑《の》ませるテント、食べ物を売るテントなどが並ぶ。

「でも十七年前の収穫祭の日に、ミルズランド家とチェンバー家の軍がコッセルで戦闘《せんとう》になり、町が焼かれました。多くの人が亡くなりましてね」

アンの体は強《こわ》ばった。

「十七年前の内乱は、収穫祭の時だったんですか」

「ええ。その翌年から収穫祭のかわりに、内乱の犠牲《ぎせい》になった人を弔《とむら》うための鎮魂の日になりました。コッセルの国教会教会が主導し、鎮魂の祈《いの》りを捧《ささ》げることになっています」

「そのお祭のための砂糖菓子なら、町の人たちにとっても大切ですよね……」

楽しい秋の収穫祭が失われ、鎮魂の祭になったというその事実からも、町の人々の哀しみや憤《いきどお》り、無念や切なさが知れる気がした。

きっと永久にコッセルでは、収穫祭は行われない。

主人について階段をおり、食堂へ入ると、既《すで》に数組の客がテーブルに着いていた。

日は沈《しず》みきっておらず、開いた窓からは橙色《だいだいいろ》の斜陽《しゃよう》が石の床《ゆか》に落ちている。

食堂に馴染《なじ》んだ様子から察するに、客たちは仕事帰りの町の人々だろう。駒鳥亭で一杯《ぱい》ひっかけて帰宅するのが日々の楽しみ――そんな雰囲気《ふんいき》がある。もう少し暗くなってくると、今度は宿泊客の夕食の時間になるのかもしれない。

窓際《まどぎわ》のテーブルに、昼間食堂で見かけた男、ワッツがいた。宿の主人に連れられたアンたちに気づくと、立ちあがる。

「ワッツ。お連れしたぞ。うちのお客様だからな。失礼なことはするなよ」

「わかってるさ、うるせぇな」

忌々《いまいま》しげに顔をしかめ、ワッツはアンに向き直った。

上衣《うわぎ》もシャツもズボンも、質素ながら清潔で、砂糖菓子職人らしい気遣《きづか》いのある服装。短く刈《か》り込んだ黒髪《くろかみ》と、緑の瞳《ひとみ》。年頃《としごろ》は三十歳前後か。体力もあり、経験もそこそこ積んだ、働き盛り。

「あんた、銀砂糖師のアン・ハルフォードだよな。銀砂糖が精製できなくなった年、銀砂糖子《し》爵《しゃく》の号令でルイストンの街中にどえらい砂糖菓子を作っただろう。あんたは、あのとき参加してた、あのハルフォードだな？」

念を押すように問われた。

「わたしのこと、ご存じなんですか？」

「知ってるさ。俺も、ルイストンの作業に参加してたんだ」

多少ひねた感のあるワッツの顔に、誇《ほこ》らしさのようなものが浮《う》かぶ。

身構えていたアンだったが、そこで、すこし緊張《きんちょう》が和《やわ》らぐ。

「あのお仕事に……」

あれはたった二年前だ。

銀砂糖の精製ができなくなり、砂糖菓子《がし》そのものが消えるかもしれない危機があった。あのときハイランド王国の砂糖菓子職人たちは、砂糖菓子が在り続けるようにと願いながら、銀砂糖子爵ヒュー・マーキュリーの指示のもとで王都を貫《つらぬ》く街路を砂糖菓子で埋め尽《つ》くした。

そして――砂糖菓子は、今も在り続けられている。

たった二年前だと思うが、もう二年も経《た》ったのか、とも思う。

ワッツと視線を交《か》わすと、「あのときは大変だったな」と無言のうちに確認《かくにん》し合うような、微《かす》かな親しみが生まれた。

「ああ。俺は仕事をしたんだ、あそこで。あんたの顔は見てないが、話には聞いてた。俺は、ワッツだ。ペイジ工房派《こうぼうは》の本工房で修業《しゅぎょう》して、五年前にコッセルに戻《もど》ってから店を構えてる」

「グレンさんのところで修業したんですか？　あ、じゃあ、ブリジットさんや、コリンズさん、オーランドのこともご存じで」

ワッツは、目を見開く。

「長《おさ》の娘《むすめ》のブリジットか。綺麗《きれい》な娘《こ》だったな。コリンズってのは、エリオットだよな。エリオットとオーランドは、一緒《いっしょ》に修業した仲だ。あいつらの方が、弟子《でし》だがな」

「コリンズさんたちと、兄弟弟子なんですか！」

アンには故郷と呼べるものはないが、同郷の人と出会ったときはこんな感じがするのかもしれないと思えた。見ず知らずなのに、懐《なつ》かしいような。

「あんたもペイジ工房で修業……な、わけないか」

今、どこの工房にも砂糖菓子職人見習いの妖精《ようせい》がおり、女性の見習いも増えているとは聞く。だがアンが銀砂糖師として知られるまでは、どこの工房も女性が見習いになるなど許されなかったのだ。長が人格者だったペイジ工房でさえも、だ。

「修業は、わたしは銀砂糖師だった母のもとでしました。ペイジ工房派の本工房には、王家勲《くん》章《しょう》を拝領した後に、しばらく職人頭《がしら》としてお世話になったんです」

「……そうか」

そこでワッツは、改まった様子で告げた。

「それなら、余計にあんたに話を聞いてもらいたい。というか……助けてほしい」

「助ける？」

目をぱちくりさせたアンに、ワッツは頷《うなず》く。

「駒鳥亭《こまどりてい》から一本入った通りに、俺の店がある。近くだ。今から、そこまで来てくれないか。見てほしい砂糖菓子がある。俺が今、町の依頼《いらい》で鎮魂祭のために作っている砂糖菓子だ。それで、あんたに訊《き》きたいんだ。その砂糖菓子が、あんたの目にどう映るか」

「どうして、そんなことをわたしに訊く必要があるんですか？　ご自分の作品なのに」

「……わからなくなったんだ」

苦虫をかみつぶしたような顔で、ワッツは答えた。

「わからない？　ですか？　いったいなにが……」

宿の主人が口をはさむ。

「お願いできませんかねぇ、ハルフォードさん。こいつの仕事がうまくいかなきゃ、鎮魂祭が」

わからなくなったとは、どういう意味だろうか。同じ職人として気になったし、しかもワッツが今引き受けているのは、町にとっては重要な仕事だという。

ワッツが苦しげな表情で、深く頭をさげた。

「俺にはどうすればいいのか、わからない。だから、あんたに来て欲しいんだ。砂糖菓子のために、頼《たの》む」

店を構えているような一人前の職人が、同じ派閥《はばつ》の長でもなく先輩《せんぱい》職人でもない職人に、頭をさげるのは珍《めずら》しい。アンは驚《おどろ》き、慌《あわ》てた。

「顔、あげてください」

「頼みたいんだ」

顔をあげたワッツは、縋《すが》るようにアンを見つめた。

一人前の職人が、砂糖菓子のためにと頭をさげたのだ。無視することはできない。

窓の外に目をやると、日は傾《かたむ》いてきてはいるが、夕食までには時間がありそうだ。時間の余《よ》裕《ゆう》はある。

「わかりました。行きます」

「助かる。恩にきる」

ワッツは表情をゆるめた。

「いい？　シャル。一緒に行ってもらえたら、ありがたいんだけど」

近くの壁《かべ》にもたれて腕《うで》組《ぐ》みし、ことの成り行きを見守っていたシャルを、ふり返る。同業者の店に行くのに危険はないだろうが、出会ったばかりの男の店に一人で行くのは、心細い。

「かまわない」

アンはワッツに視線を戻す。

「夫も一緒に、いいですか？」

「夫？　妖精が？」

訝《いぶか》しげな顔をされた。こんな反応はもはや慣れっこだ。

「彼、シャル・フェン・シャルといいます。わたしの夫です」

ワッツは肩《かた》をすくめる。

「まあ、近頃は本工房にたくさん妖精の見習いが入ってきているって聞くしな。夫婦になる奴《やつ》も、いるのか」

自分には理解できないが、それを責めもしないといった口調だった。妖精と特別な関係を持たない人として、比較的寛容《ひかくてきかんよう》な反応だった。

「彼と一緒でかまいませんか？」

「いいさ。あんたが来てくれるなら、なんでも。来てくれ」

ワッツとともに駒鳥亭を出ると、彼は先頭を歩きながら言う。

「急に今来てくれなんて、悪かった。でも、本当に助かった。俺一人ではわからなくなって、どうしようかとずっと苛々《いらいら》考え続けていたが、どうにもならない。もうすぐ、答えを出す必要があるのに」

「答え？」

「鎮魂《ちんこん》祭の砂糖菓子を、今作ってるって言ったろう。それを依頼した、国教会コッセル教会を預かる、マクレガンって若造教父と、職人ギルドと商人ギルドの長が、これから俺の店に来る予定になってる。砂糖菓子の進捗《しんちょく》を確認するためだ。砂糖菓子製作には毎年、商人ギルドと職人ギルドの双方《そうほう》から資金が出て、その資金で、国教会から砂糖菓子職人に依頼が来る段取りになってる」

「その依頼者たちが来るってことは、砂糖菓子作りが、うまく進んでいないんですか？」

問うと、ワッツは顔をしかめた。

「俺は、これでいいと思ってすすめている作品がある。ほぼできあがったんだ。十日前に、それを連中に見せた。だが、それじゃ駄目《だめ》だと言われたんだ。けど俺には、なぜ駄目かわからない。しかも駄目だと言われても……他《ほか》にどうすればいいのか、わからない」

意味が今ひとつ摑《つか》めず、きょとんとしたアンの表情を見て、ワッツは申し訳なさそうに言う。

「よくわからないよな。とにかく、砂糖菓子を見てくれ。話はそれからだ」

せかせかと歩くワッツについていきながら、アンはふと思いつく。

「そうだ、ワッツさん。ワッツさんって、五年前にコッセルに店を構えたって言ってましたけど、ここの出身なんですか？」

「ああ。ここで生まれ育った。十三歳でペイジ工房派の本工房に修業に入ったから十年町を離《はな》れてたが、五年前に戻ってきた」

「じゃあ、十七年前はコッセルにいたんですね。だったら、コッセルの町にやってきた、銀砂糖師の女性と、その一家のことを聞いたり、見たりしたことありませんか？」

親の職業を継《つ》ぐことは多いので、ワッツもその口であれば、親が砂糖菓子職人だったかもしれない。もしそうだとしたら同業者同士、エマを知っていた可能性がある。

しかし、ワッツは首を横にふる。

「十七年前にも、女の銀砂糖師がいたのか。初耳だ。でもその時、俺は十一歳の餓鬼《がき》だ。砂糖菓子職人の話なんか耳に入らない。俺の親は市場の采配《さいはい》をしてたから、周りの大人たちも市場に出入りする連中の話しかしていなかった。職人とは縁《えん》がなかった」

「……そうですか」

簡単に、当時のエマを知っている人には会えないだろうとは思ったが、砂糖菓子《がし》職人であれば可能性はあるかと一瞬《いっしゅん》期待しただけに、残念だった。

シャルが、慰《なぐさ》めるように言う。

「焦《あせ》るな。今日コッセルに着いたばかりだ」

「うん、そうだね」

と微笑《ほほえ》み返すと、ワッツが訝しげに問う。

「どうしてそんなこと訊くんだ」

「コッセルに来た銀砂糖師っていうのは、わたしの母なんです。そして十七年前に戦《いくさ》に巻き込まれて、家族に何かがあって父と母が離ればなれになってしまったみたいなんです。わたしは、その時まだ一歳になるやならずで、なにも覚えてなくて。その時にわたしたち一家に何が起こったのか知りたくて、コッセルまで来たんです」

「そうだったのか。だから、あんた、コッセルに」

呟《つぶや》くと、ワッツの目の色が暗くなった。

「ひどかった……あのときは」

当時十一歳だった彼は、惨禍《さんか》を目《ま》の当たりにしたのだろう。

「本当に……ひどかった……」

繰《く》り返し、押し黙《だま》った。その声と沈黙《ちんもく》に、彼がどれほど酷《ひど》いものを目にしたのか察せられ、アンはそれ以上、あれこれと話しかけづらくなった。

しばらくの沈黙の後ワッツは、自分の中にある暗いものを吐《は》き出すように大きく息をした。

「以前はコッセルにも、三人砂糖菓子職人がいたが、二人は十七年前の内乱で死んで、一人生き残った奴は五年前に病気で死んだ。砂糖菓子職人の筋から、あんたの一家のことを知るのは難しいかもしれないが、職人ギルドの古い連中なら、なにか知ってるかもしれない。それとなく、訊《き》いておく」

「ありがとうございます」

「こうして、一緒《いっしょ》に来てくれてるんだ。それくらい、するさ」

ワッツの店は、駒鳥亭《こまどりてい》の二軒先《けんさき》にある路地を突《つ》っ切り、別筋の通りに出て、すぐの角地にあった。内戦後に建てられたらしい建物で、外壁《がいへき》の漆喰《しっくい》にひびもなく、こぎれいな店だった。どこの砂糖菓子店も似たような造りで、表が店舗《てんぽ》、奥が作業場になっている。

斜陽《しゃよう》が射《さ》しこむ作業場の壁際《かべぎわ》に大型の竈《かまど》が二つあり、煮溶《にと》かした砂糖林檎《りんご》を乾《かわ》かすための棚《たな》なども据《す》え付けられていた。

中央には作業台。その傍《かたわ》らに膝《ひざ》の高さの、一抱《ひとかか》えほどの木の台座が置かれていた。そこに白い保護布をかけられて、腰《こし》あたりまで高さのある砂糖菓子がある。

「あんたに見てほしかったのは、これだ。俺が鎮魂祭のために作っている、砂糖菓子」

言いながらワッツが、保護布を取り去り、砂糖菓子をさらす。

女性の姿をした砂糖菓子だった。一枚布で作ったような、ひだの多いドレスを身にまとい、跪《ひざまず》いて両手を組み、うつむいて祈《いの》りを捧《ささ》げている。ドレスのひだが地面に流れ、美しい。ふわりとした薄茶《うすちゃ》の髪《かみ》は緩《ゆる》やかに背中にかかり、頰《ほお》にもかかっていた。目を閉じており、睫《まつげ》の長さが印象的だった。

「祈り」

アンとともに作業場に入ったシャルは、職人二人の邪魔《じゃま》をしないように配慮《はいりょ》したのか、半開きになっている出入り口の傍らに立っていたが、現れた砂糖菓子を目にすると、思わずのように呟いたのが聞こえた。

その呟きに、ワッツはシャルの方を向く。

「あんたにも、そう見えるよな？　妖精《ようせい》の旦那《だんな》」

「見える」

素っ気なく応じた彼の言葉に頷《うなず》き、ワッツはじっと砂糖菓子を覗《のぞ》き込むアンにも問う。

「銀砂糖師のあんたには、どう見える」

「わたしにも、祈りを捧げる女性にしか見えません。これが鎮魂祭のための砂糖菓子だとしたら、亡《な》くなった方たちのために祈りを捧げているのだと思います」

「これが鎮魂祭に――十七年前に亡くなった町の人たちを悼《いた》む砂糖菓子として、相応《ふさわ》しくないと思うか？」

　アンは首を横にふる。

「相応しいです、とても。できも良いし」

睫の繊細《せんさい》さ、ドレスのひだの美しさや、髪の流れの自然さ。滑《なめ》らかな肌《はだ》の表現も、真摯《しんし》に祈りを捧げている表情も、どれをとっても一流の砂糖菓子職人の技だ。さすがはエリオットたちと一緒に、ペイジ工房《こうぼう》派の本工房で修業《しゅぎょう》した職人だ。

「俺もそう思っていたんだ。けど、去年からコッセル教会を任されているマクレガンって若造の教父が、十日前に作業を見に来て、これじゃ駄目だと言い出した」

「なぜですか？」

「去年と同じだから駄目だと言うんだ」

　何度か、アンは目を瞬《しばたた》く。

「去年とまったく同じものを作ったんですか？」

「いや、去年は子どもが三人並んで、祈りを捧げる砂糖菓子だった。ただ、祈るという姿が同じだから駄目だとさ」

　苦々しげに、ワッツは吐き捨てた。

「鎮魂の祭の砂糖菓子は、死者を悼み祈るための砂糖菓子だ。どうして祈る姿じゃあ、駄目なんだ」

「祈る姿じゃ駄目な理由は、訊きましたか？」

「祈るだけでは鎮魂祭《ちんこん》には相応しくない、とさ」

アンは首を傾《かし》げた。

「どういう意味ですか？」

その時、シャルが不意にはっとしたように扉《とびら》から離れ、身構える。と、半開きだった扉が大きく動き、若々しい声が聞こえた。

「鎮魂祭は、亡くなった人たちを悼むためのものですが、ただひたすら沈鬱《ちんうつ》に祈るのみの姿を砂糖菓子で見せられるのは――わたしは、息苦しく感じたのです」

開いた扉の向こうに、教父服を身につけた若い男の姿があった。

「マクレガン教父」

と、ワッツが嫌《いや》な顔をする。

（この人が教父？）

三十歳前後と思われる、若い教父だ。

コッセルは、ロックウェル州第二の町。海と山間部をつなぐ街道《かいどう》の途中《とちゅう》にあり、昔から多くの旅人が行き来する旅の要衝《ようしょう》だ。

国教会の教会の規模は、町の大きさに比例する。ほどほどの規模があるコッセルの教会であれば、教父の中でも中堅《ちゅうけん》どころ以上の者が預かるものだ。しかしこの教父は、中堅といえる歳《とし》ではない。せいぜい、小さな村の教会を預かる程度の年齢《ねんれい》だ。若くしてコッセル規模の町の教会を預かっているのは、よほど優秀《ゆうしゅう》か、よほど人望があるのだ。

彼に続いて、恰幅《かっぷく》の良い中年男と、髪の薄《うす》い肩幅《かたはば》の広い老人の二人が作業場に入ってきた。

「邪魔するよ、ワッツ」

と笑顔《えがお》で言ったのは、恰幅の良い中年。

「約束していましたからね、どうぞ。コネリーさん」

渋々《しぶしぶ》の様子で言い、ワッツは三人に視線を向けつつも、アンに教えてくれる。

「さっき言ってた、俺に砂糖菓子を依頼《いらい》した三人だ。若いのが、マクレガン教父、あちらが商人ギルドの長《おさ》、コネリーさん。もう一人が職人ギルドの長、アダムスさんだ」

職人ギルドの長だという老人は、胡散臭《うさんくさ》げにシャルを横目で見ている。

マクレガンは笑顔で中に踏《ふ》み込んでくると、小首を傾げた。

「お約束どおりに参りましたが、ワッツさん。お客様ですか？　我々は外で待っていましょうか」

「いや、いい。あんたたちが来るから、この人に来てもらったんだ。この人はアン・ハルフォードって人だ。銀砂糖師だ」

「ほぉ」

と、マクレガンが声を出す。

「銀砂糖師に出会えるなんて、何年ぶりでしょうか。わたしは国教会のコッセル教会を預かる、テレンス・マクレガンと申します」

長めの前髪《まえがみ》の下にある緑色の瞳《ひとみ》に、柔《やわ》らかな光を浮《う》かべて名乗る。

「アン・ハルフォードです」

「女性の銀砂糖師は珍《めずら》しいですね。もし、暇《ひま》があればコッセル教会に遊びにおいでください。歓迎《かんげい》いたします。しかし、どうしてワッツさんの作業場に……」

言いながらマクレガンの視線は、ワッツが作った祈りを捧げる女性の砂糖菓子《がし》へ移る。

「その砂糖菓子のために、来てもらったんだ」

一歩前に出て、ワッツは挑戦《ちょうせん》的な口調で言う。

「この砂糖菓子は、十日前と同じに見えますよ、ワッツさん。わたしは、これでは駄目《だめ》だと申しあげたはずですが」

困ったように眉尻《まゆじり》をさげたマクレガンに、ワッツは硬《かた》い声で言う。

「なにが悪い。ここにいるハルフォードさんは、銀砂糖師だ。その銀砂糖師が、これは鎮魂に相応しいと言ったぞ。できも良いと。なぜこれじゃ駄目なんだ。なぁ、そうだろう。ハルフォードさん。あんた、相応しいって言ったよな」

水を向けられ、アンはびっくりしながらも、応じる。

「え、ええ。鎮魂に相応しい砂糖菓子です。出来映《できば》えも、すごくいい」

「相応しくないとは、わたしも言っていません。出来映えも、良いのは認めていますよ、もちろん。だけど、言いましたよね。祈りだけだと息苦しいと。去年はそれも当然かと思い受け止めました。しかし今年も同じとなると、息苦しいままで、わたしは毎年このような砂糖菓子は見たくないと思ったんです」

かっとしたように、ワッツが作業台を叩《たた》く。

「あんたも、ガキの頃《ころ》町が焼かれた現場にいたんだろう！　俺だって、そうだ。あの現場にいて、あれを見て、あのときのために砂糖菓子を作るとしたら、祈り以外になにがある。俺は、これ以外のものが思いつかないし作れないぞ！　俺の前に砂糖菓子を作ってた職人も、同じように作ってた。俺も、四年間同じように作ってきた。コッセルの砂糖菓子職人として、先代の職人も俺も、こうして作ってきたんだ」

「先代の職人さんやあなたが、こうして毎年十六年間も砂糖菓子を作り続けてくださっていることには感謝しています。腕《うで》の良い職人がコッセルにいて良かったと、心から思います。けれど、それとこれとはまた別の話で、わたしは鎮魂祭に相応しい、より良い砂糖菓子を求めているんです」

「じゃあ、どうしろって？　なにを作れば満足だ」

「それを考えるのが、職人の仕事では？」

問い返したマクレガンに、ワッツは鼻を鳴らす。

「これが俺が考えたものだ」

「別のものを考えてください」

「できるわけ、ないだろう！」

両拳《こぶし》を握《にぎ》り、ワッツは喚《わめ》いた。

「あの光景を覚えている限り、俺は、祈《いの》る姿以外の鎮魂の砂糖菓子は作れない」

マクレガンとワッツのやりとりを、アンは、びっくりして見つめるばかりだった。

（依頼人と、喧嘩《けんか》しちゃってる……）

依頼人と喧嘩したり、怒《おこ》らせたりするのは、砂糖菓子職人ならまずやらない。仕事がふいになるからだ。不本意でもなんとか折り合いをつけて、依頼人が満足するものを作るのが普通《ふつう》。それをしない職人となると、キャットくらいしか思いつかない。しかしそんなことをしている職人は、キャットのように貧乏《びんぼう》暮らしまっしぐらだ。

店構えからすると、ワッツはそこそこ商売をうまくやっている。けしてキャットのように、作りたいものしか作らないという、頑固《がんこ》者ではなさそうだ。

（それなのに、どうしてこんな。しかも鎮魂祭のための砂糖菓子なんて、大切な仕事で）

マクレガンを睨《ね》めつけるワッツを見やって、アンははっとした。彼の目尻が薄《うっす》ら赤い。泣いてはいないが、わきあがる感情を堪《こら》えている。

それを見て悟《さと》った。

（ワッツさんは、本当に、こうやって祈る人たちの姿しか思いつかないんだ）

十七年前の光景を覚えている限り――と、ワッツは口にした。きっと彼の中には当時の衝撃《しょうげき》が強く残っており、それを思い出させる鎮魂祭のための砂糖菓子を作ろうとすると、恐怖《きょうふ》と哀《かな》しみと憎《にく》しみと切なさと、あらゆる感情が、彼に祈りの姿しか思い浮かばせないのだろう。悲惨《ひさん》な記憶《きおく》を前に、ただひたすら祈る他《ほか》にない、と。

コネリーとアダムスが、顔を見合わせた。

「マクレガン教父。もう、これで良くはないか？」

アダムスがしわがれ声で、取りなすように言う。コネリーも明るい声で追従する。

「そうですよ。この砂糖菓子も、例年通り、人々が鎮魂の祈りを捧《ささ》げるのに相応《ふさわ》しいものじゃないですか。それに、ほれ。ワッツが連れてきたこの銀砂糖師さんも、できも良いし相応しいと言ってるし」

ここでようやくアンは、ワッツが自分をこの場に連れてきた意味がわかった。依頼者たちを説得するために、銀砂糖師も認めているのだと言うためだ。実際、コネリーとアダムスには、有効だったようだ。

しかしマクレガンは、頑《かたく》なに首を横にふる。

「わたしは、納得《なっとく》できません」

「十日後には鎮魂祭だ。今から作り直して間に合う保証はない」

切って捨てるように言ったワッツを、マクレガンは見つめた。

「お願いできませんか。別の、鎮魂祭《ちんこん》に相応しい砂糖菓子を」

「無理だ」

コネリーとアダムスが割って入る。

「マクレガン教父。妥協《だきょう》も必要です」

「ワッツはこれまで、よくやってくれた。同じものでなにが悪い」

「鎮魂祭を形骸《けいがい》化させたくないのです。そのために、わたしは、本当に鎮魂祭に相応しい砂糖菓子を求めているだけです」

ワッツがいきり立つ。

「俺は意味のない、形ばかりの砂糖菓子しか作れないってのか!?」

「そうは言っていません。ワッツさんが、別の形を作ってくだされば」

「鎮魂祭の砂糖菓子は、これ以外ない！　これが相応しいんだ」

「わたしは、そう思わないのですから」

「マクレガン教父、そこまでこだわらずとも。銀砂糖師さんも、ほれ」

「ワッツの言うことも一理ある」

「いえ、わたしは」

「この若造教父が！」

四人がだんだん声を高くし、今にも罵《のの》り合いが始まりそうな気配に、シャルはうるさそうに顔をしかめ、壁際《かべぎわ》にさがる。

アンは焦《あせ》って声をあげた。

「ちょっと、ちょっと待ってください！」

アンの高い声はよく通り、四人が口を閉じ、こちらを向く。

「結局、マクレガン教父がどんなものを欲《ほっ》しているのか、それが明確になればワッツさんも作れるんじゃないですか？　ワッツさんは腕が良いのだから、それさえ明確に伝えてもらえれば作ってくださるでしょう？　マクレガン教父、いったいどんなものをお望みなんですか」

ワッツの鋭《するど》い視線と、コネリーとアダムスの不安げな視線が、マクレガンに注がれた。マクレガンは、すぐに応じる。

「鎮魂祭に相応しいものです。ただし、単純に祈るだけの、息苦しい姿を模した砂糖菓子ではないもの」

「具体的にはどんなものですか？」

「それを考え作るのが砂糖菓子職人だと、さっきも言いましたが」

アンは眉根《まゆね》を寄せた。

こういった依頼《いらい》は、ちょくちょくある。依頼者本人に砂糖菓子に込めたい願いはあるのだが、具体的な形は定まっていない。ただあるのは、願いや、思いだけ。

さらに面倒《めんどう》なのは、この場合、もっとも相応しいと思える「祈り」という形を拒否《きょひ》されていることだ。

(祈りは……単純な祈る姿じゃ駄目《だめ》? ならば、どんな形に?)

本人でも定まっていない形を、砂糖菓子《がし》職人が思い浮《う》かべられるはずはない。

しかもワッツは、十七年前の辛《つら》い記憶に縛《しば》られているので、人が祈る姿以外は思い浮かばないというのだから、マクレガンの要求は難しいことなのだ。

「それならば、俺はできない。考えろと言われても、無理だ。この仕事を降りる」

ワッツが言うと、コネリーが飛び上がった。

「待てよ、ワッツ。ずっとおまえが作ってきたのに」

「そこの若造教父が納得しないんだから、仕方ないだろう」

指さされ、マクレガンはため息をつく。

「わたしは、鎮魂祭をただ……」

そこまで口にして、ふっとなにか思いついたように顔をあげ、アンを見やる。

「そうだ」

目が合うと、マクレガンが弾《はず》んだ声を出す。

「あなたに依頼すれば良いじゃないですか!」

「わたしですか!?」

思わずアンは、二歩ほど後ずさりした。

「ワッツさんの仕事を横取りするような真似《まね》、できません」

「横取りではなく、妥協案ですよ。ワッツさんは、わたしの要求するような砂糖菓子は作れないと言ってるんです。だったら、作れそうな人に頼《たの》むしかない。あなたは、銀砂糖師だ。わたしはかつて銀砂糖師の作った砂糖菓子を見たことがあります。銀砂糖師は素晴《すば》らしいものを作る。わたしが納得するものを作ってくれる可能性がある」

作業台近くにあった椅子《いす》を引き寄せ、ワッツはどかっと腰《こし》を下ろす。

「ああ、それがいいかもな」

「ワッツさん、そんな」

困ったアンが情けない声で呼ぶと、ワッツは手をふる。

「俺に遠慮《えんりょ》なんかしなくていい。あんたがやれそうなら、やってくれ。それにこのまま俺の砂糖菓子が鎮魂祭の砂糖菓子になったら……」

ワッツの視線が床《ゆか》に落ちる。

「若造教父の思いを、無視することになる……それも、職人としては気分が悪い」

彼の言葉の最後は、擦《かす》れて細くなった。

「ワッツさん。でも」

「俺はできないから、できないと言ってるだけだ。意地を張ってるとか、そんなんじゃない」

縋《すが》るようなマクレガンの目と、期待するようなコネリーとアダムスの表情。そっぽを向いたワッツ。そして——おまえは、よくよく面倒事に巻き込まれるたちだな、とでも言いたげな、呆《あき》れたようなシャルの顔。

(どうしよう)

困惑《こんわく》した。

マクレガンがどんな形の鎮魂の砂糖菓子を求めているのか、具体的な形がわからない。祈《いの》るだけでは駄目だ、ということくらいしか指針がない。しかもこの砂糖菓子は、町の人々にとって大切な日のための砂糖菓子で、責任は重い。

さらに作業時間が短い。鎮魂祭まで、十日だ。

アンは、十七年前に自分たち一家に何がおきたか知るために、コッセルに来た。それを調べながら、責任の重い砂糖菓子を作れるのか。

(わたしが断れば、きっとワッツさんの砂糖菓子が鎮魂祭の砂糖菓子になる)

マクレガンが納得せずとも、結局はそうなる。しかし——それは依頼者の思いをねじ曲げさせてしまうことで、砂糖菓子職人にとっては不本意なことだ。

だからこそワッツもアンに「やってくれ」と言ったのだろう。

(町の人たちにとって大切な日の砂糖菓子なのに、できる?)

腰が引ける。

なにしろ最もわかりやすい、鎮魂のために祈るという形は求められていないのだから、誰《だれ》しもが納得《なっとく》する相応《ふさわ》しい形を見つけるのは困難な仕事になる。

答えを求めるように彷徨《さまよ》わせたアンの視線は、シャルに惹《ひ》きつけられた。

日が沈《しず》み、どんどん薄暗《うすぐら》くなってくる作業場の端《はし》で、壁にもたれて立つ彼はアンを見つめていた。その視線は、自分の気持ちを冷静に見ろと言っていた。

（わたしは、砂糖菓子を作るためにこの町に来たんじゃない。でも、十七年前にこの町を襲《おそ》った戦禍《せんか》で、わたしたち家族の運命が変わったかもしれない。無関係じゃない。それに）

心の中、根っこのところで、砂糖菓子職人の魂《たましい》がうずく。

（形にしてみたい。祈るだけではない、鎮魂の形。町の人たちがそれを見て、鎮魂に相応しいと思ってくれるような形を）

一つ息をつき、アンはマクレガンたちに視線をすえた。

「銀砂糖師とはいえ、わたしは別の目的があってこの町にやってきた者です。この町の者ではないです。しかもご覧の通り、若輩《じゃくはい》です。経験も浅いです」

一旦《いったん》言葉を切り、決意して続ける。

「それでも良いと言っていただけるなら、お引き受けいたします」

マクレガンが微笑《ほほえ》む。

「無論、それで良いのです。お願いします」

「じゃあ――、お引き受けいたします」

嬉《うれ》しげに一歩踏《ふ》み出したマクレガンが、手を差し出した。アンはそれを握《にぎ》る。手は温かく、滑《なめ》らかで、聖職者らしい心地《ここち》よい力強さでアンの手を握り返す。

町の大切な祭の砂糖菓子となれば、久しぶりに大きな仕事だ。マクレガンの望みに自分が応《こた》えられるのか不安もあったが、それ以上に胸が高鳴った。

依頼者すらも欲しいものがわからないものを見つけ、形にする。

（わくわくする）

思わず口元がほころぶと、それを認めたらしいシャルが、ふっと小さく笑ったのが目の端に映る。ワッツが肩《かた》の荷が下りたように、ほっとした顔で背もたれにもたれかかり、目を閉じる。

「鎮魂祭《ちんこんさい》は、十日後ですよね？」

「そうです」

「じゃあ、ぐずぐずしてられません」

アンは背筋を伸《の》ばし、マクレガンに問う。

「お祭の日に例年、砂糖菓子はどこに飾《かざ》りますか？　広場とか、櫓《やぐら》の上とか」

「コッセル教会の中に飾られます」

「じゃあ、できるだけ早くコッセル教会を見させてください。今日はもう暗くなるから無理だと思いますが、明日にでも」

「それは、かまいませんが。なぜ」

突然《とつぜん》の申し出に面食《めんく》らったらしいマクレガンが訊《き》く。

「飾られる場所によって、砂糖菓子の見え方は変わります。作るべきもの、作り方を、考えなくてはならないので」

商人ギルドの長《おさ》コネリーと、職人ギルドの長アダムスが、顔を見合わせ、そしてワッツに問うように視線を向けた。そんな話は聞いたことがないぞ、とでも言いたげに。ワッツは戸惑《とまど》ったように、アンを見やった。しかしそれは批判する視線ではなく、説明を求めるものだったので、アンは頷《うなず》き、言葉を重ねた。

「数年前、聖ルイストンベル教会に飾られたペイジ工房《こうぼう》派本工房が作った新聖祭の砂糖菓子は、その場所の光の加減で美しさが全く違《ちが》って見えるものでした。そういうことも、あるんです。だから砂糖菓子が飾られる場所を見て、作りたいんです」

ワッツは、「なるほどな」と呟《つぶや》き、考え込むように顎《あご》に手をやる。

マクレガンは頷く。

「わかりました。ならば、明日。コッセル教会においでください。銀砂糖師、アン・ハルフォードさん」

翌朝アンとシャル、ミスリルの三人は、馬車と馬三頭は駒鳥亭《こまどりてい》に預けたまま、徒歩で駒鳥亭を出て、コッセル教会へと向かった。

ギルバートとフラウは、宿に残っている。フラウが、駒鳥亭の部屋の記憶《きおく》を読んで、そこから新たな手がかりを得るためだ。

フラウが記憶を読むのにつきあうのは、親しいギルバートが適任と決まった。

そこでアンたち三人のみが、マクレガン教父との約束通り教会に出向き、教会がどんな場所かを確認《かくにん》することにしたのだ。

「仕事がもらえたなんて、幸先《さいさき》良いなぁ。しかも宿の食事代が割り引きになったなんてな」

シャルの肩の上に乗ったミスリルは、昨夜の夕飯でワインを一杯《ぱい》余分に飲めてから上機嫌《じょうきげん》が続いていた。余分にワインが飲めたのは、駒鳥亭の主人が食事代金の割り引きを申し出てくれたおかげだった。

その食事の席で、アンに入った仕事の話をすると、ギルバートも嬉しそうだった。そもそもアンと――娘《むすめ》と、食堂で食事をするという状況《じょうきょう》が楽しいらしかった。

自分のぶんのパンまで食べろとアンにすすめたり、うっかりアンが落としたフォークを誰よりも素早《すばや》く拾い、にこにこしながら換《か》えのフォークを給仕《きゅうじ》の少女にお願いしたりと、かいがいしかった。それを横目で見ていたシャルが、「せっせと巣に餌《えさ》を運ぶ鳥みたいだったな」と言ったので、笑ってしまった。

言われた本人は、まるで褒《ほ》められたみたいに照れ笑っていた。

フラウはやはり、いつものように無言で黙々《もくもく》と食べていた。彼女は不要なおしゃべりをほとんどしない。

「フラウ・フル・フランの奴《やつ》、何か発見すればいいけどな」

シャルの肩に座っているミスリルが、頭の後ろで腕《うで》を組みながら暢気《のんき》に言う。

「うん……。でも大丈夫《だいじょうぶ》かな」

アンは、背後に遠くなる駒鳥亭に視線を向ける。

昨夜フラウは、自分が泊《と》まっている部屋の記憶を読んだらしいが、今朝、朝食の席で「わたしたちの部屋は、ギルバートの泊まった部屋ではなかったみたい」と、力ない声で報告していた。顔色も良くなかった。長い年月の間に様々な人が出入りする宿の部屋の記憶を読むのは随《ずい》分疲《ぶんつか》れるらしく、一日に一部屋が限度のようにも見えた。

今日フラウは、アンとシャルの部屋の記憶を読む予定だ。

「どうした？　何か心配なのかよ？　アン」

「フラウは部屋の記憶を読むの、すごく疲れるみたいだったから」

「大丈夫だろう。あのおっさんが一緒《いっしょ》にいるから、具合が悪くなったら面倒《めんどう》見るさ」

アンは、ミスリルほど楽観的ではなかった。

「同じ妖精《ようせい》のほうが、体調の変化とか敏感《びんかん》にわかるかもってちょっと考えちゃった。パパ、暢気そうだし。無理して大丈夫って言ってるのを真に受けて、大丈夫だって信じそう。ミスリル・リッド・ポッドかシャル、どっちかが一緒にいてあげた方が良かったかなって」

「じゃ、おまえが引き返せ、シャル・フェン・シャル」

頬《ほお》をミスリルにつつかれ、シャルは鬱陶《うっとう》しげな顔をする。

「アンに何かあったとき、俺ならば役に立つ。ごろつきに絡《から》まれても、おまえは役に立たない。おまえこそ、残れば良かった」

「失礼だな！　俺様だって、ごろつきの一人や二人ならこてんぱんにしてやれるぞ……多分。しかもだぞ、あんな触《さわ》れもしない奴のそばに、俺様一人で残るなんておっかない」

「それだけ警戒《けいかい》していたフラウと同じ部屋で、よく寝《ね》ようと思ったな。眠《ねむ》れたのか？」

呆《あき》れたようなシャルの問いに、ミスリルは胸を張る。

「おう。あいつの手の届かない、カーテンボックスの上に俺様は寝床《ねどこ》を確保したからな！　まあ、幅《はば》がちょっと狭《せま》いから、夜中に二回ころげ落ちたけど」

「本当に不思議なんだけど、なんでそんなにしてまでフラウたちの部屋で寝ているの？」

アンの質問に、ミスリルは偉《えら》そうに指を立てる。

「決まってるだろう！　アンとシャルの夫婦の仲を邪魔《じゃま》しちゃ悪いだろうが」

「でも、夜中に二度も目が覚めたんじゃ、つらくない？」

気遣《きづか》いはありがたいが、申し訳ないと思いつつアンは訊いたが、ミスリルはなぜか目を輝《かがや》かせた。

「馬鹿《ばか》だな、アン！　それが丁度いいんじゃないか。目が覚めたタイミングで、アンとシャルの部屋を……っ」

そこで、シャルの冷ややかな視線に気づいたらしく、はっと口をつぐみ青くなる。

「アンと俺の部屋を、なんだ？」

「い、いや。別に」

「のぞこうとしたな？　そんなことだろうと思って、鍵穴《かぎあな》に布をかけておいて正解だったな」

「なに――っ!?　だから何回見ても、中が見えなかったのか――っ！　くそぉ！」

「のぞき!?」

仰天《ぎようてん》して、アンは青くなった。昨夜、自分たちは恥《は》ずかしい真似《まね》をしていなかったか、慌《あわ》てて思い返そうとした。

（大丈夫、大丈夫。変なことしてないし。それにシャルが、鍵穴に布をかけたって言ってたし）

立ちあがってじだんだ踏むミスリルを、シャルが鷲摑《わしづか》みにする。

「やはり、のぞいたんだな。のぞき魔《ま》」

「のぞいたんじゃない！　ただ、部屋の前を通りかかっただけで」

「真夜中に何度も？　通りかかっただけで鍵穴がのぞけるのか？」

ぎゅっと締《し》めあげられ、ぐぇっとミスリルは呻《うめ》く。

「シャル！　気持ちはわかるけど、もうそのへんで勘弁《かんべん》してあげて」

もがいて呻くミスリルの様子に、さすがにアンは慌てて、夫の手からのぞきが趣味《しゅみ》の友人を救出した。ぐったりしたミスリルは、アンの手の中からシャルを睨《にら》む。

「俺様を殺す気か。アン、おまえの夫に説教してやれ」

「……その前に、のぞかないでね……ミスリル・リッド・ポッド」

「いや。俺様はのぞきなんかしてない。通りかかったんだ！」

言い張るので、呆れるのを通り越《こ》して感心した。

（さすが、ミスリル・リッド・ポッド）

苦笑《くしょう》しながら、アンは再び駒鳥亭をふり返った。

（フラウは、まあ、パパが一緒にいるから大丈夫よね、きっと。でも……）

ふと、不思議に思う。

ひょんなことで再会するまでの間、ギルバートがどこで何をしていたかなど、フラウにとっては必死に知りたいほどの事柄《ことがら》でもないはずだ。それなのに宿の部屋の膨大《ぼうだい》な記憶を、一部屋ずつ読むようなことまでしてくれる。ギルバートに好意を抱《いだ》いていなければ、できないことだろう。

（でも、パパのことを大好きだっていう雰囲気《ふんいき》？　みたいなものが、フラウから伝わってこないのよね）

あえて隠《かく》していないかぎり、誰《だれ》かに対する好意は自然と滲《にじ》み出てわかりそうなものだが、フラウに関してはそれがない。

ギルバートと偶然《ぐうぜん》再会したセラの楽園で一年も一緒に過ごし、しかもセラに操《あやつ》られている彼を助けてほしいと、アンたちに頼《たの》んだ。今もギルバートの過去を知るために、能力を使うと自ら申し出てもくれている。ギルバートを慕《した》っていなければ、絶対にしないような行動をしているにもかかわらず、好意の気配のようなものが感じ取れないのだ。

（フラウって、控《ひか》えめすぎるんじゃない）

ことによるとそれがかつてフラウが、ギルバートと離《はな》れた原因になったかもしれないと、ふと思った。

――愛には素直《すなお》にね。

赤毛の、強い女性の言葉を思い出す。

三章　かつて銀砂糖師が現れた日

国教会のコッセル教会は、町の端《はし》に位置している。

東西にゆるい丘《おか》が連なる細長い平地の底を、街道《かいどう》が南北に抜《ぬ》けていた。その平地にコッセルの町はあった。

戦禍《せんか》で焼かれたコッセルは区画整理されて復興した結果、町の形はほぼ長方形に広がっている。街道を、町の中心の目抜《めぬ》き通りとして取り込んだ作りだ。

教会は町の西側にあり、真っ直《す》ぐな一本道が教会の敷地《しきち》まで続いている。道には石が敷《し》かれ、歩きやすいように整えられていた。石敷きの道の両脇《りょうわき》の雑草の穂《ほ》は枯《か》れて乾《かわ》き、ところどころに顔を出す草花も、黄や白の小粒《こつぶ》で控えめな、秋の花だ。風は涼《すず》しい。

道を進んでいくと、正面に現れたのは、屋根に小さな鐘楼《しょうろう》をそなえた石造りの教会、コッセル教会。駒鳥亭《こまどりてい》と似て、壁《かべ》や礎石《そせき》が黒ずむ場所は残っているが、扉《とびら》や窓、屋根の垂木《たるき》など、木製の部分は作り直されており、木目がはっきりと浮《う》いて美しかった。

教会の隣《となり》に建つ平屋の教父館を訪ねると、すぐにマクレガンが顔を見せた。

昨日、マクレガンはシャルと顔を合わせているが、紹介《しょうかい》はしていなかったので、改めてシャルが自分の夫だと告げ、さらにミスリルも友だちだと紹介した。

マクレガンは、アンとシャルが夫婦《ふうふ》と聞いても驚《おどろ》かなかった。「稀有《けう》なことですね」と微笑《ほほえ》み、「良い時代になりつつあります」と付け足した。国教会の教父や学者、学生などの知識人たちには妖精王とエドモンド二世の誓約《せいやく》の話は浸透《しんとう》している。しかし過去からの慣例や考えを改められない者も多い中で、マクレガンは柔軟《じゅうなん》に変化を受け止める度量があるようだった。

すぐにマクレガンは、教会へ行きましょうと言って歩き出した。

（マクレガン教父は、個人的な気分や好悪《こうお》で、ワッツさんの砂糖菓子《がし》を駄目《だめ》だと言う人には見えない）

教会へと案内するマクレガンの背中に、アンたちは付いていく。

（過去からずっと作り続けられていたような砂糖菓子ではなく、今、鎮魂《ちんこん》祭に相応《ふさわ》しい砂糖菓子が、きっとあるんだ）

それを強く感じた。

もっとも、相応しい形は未《いま》だに見えないが——。

教会内部の天井《てんじょう》は高かったが、凝《こ》った構造ではなく、木造の梁《はり》が整然と縦横に入っているのみ。並べられた椅子《いす》も正面の祭壇《さいだん》も木製で、派手な装飾《そうしょく》はなく、明るい木目がそのぶん目立つ。

歴史の重みと荘厳《そうごん》さが求められがちな教会だが、コッセル教会は、他《ほか》の教会とまるで雰囲気が違《ちが》う。

簡素だが、意外なほどに明るい。

「砂糖菓子は例年、祭壇前か、もしくは礼拝席の一部を動かして、作品に見合う場所に置かれます」

マクレガンの説明を聞きながら、アンは教会内を見回す。

「他の教会と雰囲気が違いますね」

「何もかも焼けて、作り直しましたから。しかもさほど予算もなくて、装飾類がないんです」

言われてみれば、教会によくある壁際《かべぎわ》の聖人像だとか、天井からさげられている銅の飾《かざ》りとか祭壇上の天蓋《てんがい》だとか、そんなものが一切《いっさい》ない。礼拝の椅子にさえ彫刻《ちょうこく》の装飾がない。

「そんな貧乏《びんぼう》教会が砂糖菓子代金なんか払《はら》えるのか？」

肩《かた》に乗っているミスリルが余計なことを口にしたので、シャルが横目で睨んだが、マクレガンは苦笑する。

「安心してください。砂糖菓子の代金は、職人ギルドと商人ギルドから出ますから、ちゃんと払えます」

改めて教会の中を見回し、アンはぽつりと口にする。

「でもわたしは、この教会の方が、よくある教会より好き。なんていうか……ほっとする」

教会内は、光がよく入って明るい。造りは簡素だが、だからこそ場所が明るく見える。

目の前に広がる空間で、鎮魂のために祈《いの》りを捧《ささ》げるその時に、人々の目に映るのに相応しい砂糖菓子はどんなものだろうか。

（どんなものが、相応しいの？　この場所に、祈りの時に）

人、妖精《ようせい》。聖人、花、鳥……様々なものが、アンの中に浮かんでは消える。しかしどれもこれも、アンが手を伸《の》ばしたいものはない。

「もうそろそろ、いいだろう」

シャルの声で、はっとした。

気づけばミスリルが退屈《たいくつ》そうな顔をしており、マクレガンも困ったような微笑を浮かべている。どうやらそこそこの間、考え込んでしまっていたらしい。

「ごめんなさい！　うん、もう、充分《じゅうぶん》です。ありがとうございます、マクレガン教父」

あたふたと頭を下げると、彼は鷹揚《おうよう》に手を振《ふ》った。

「いえいえ、かまいません。良いものを作ってもらえるならば、どれほど長くここにいてもらってもかまいませんし、何度来ても良いです。期待していますから。なにしろあなたは、銀砂糖師だ」

ヒューやキャット、エリオットたちと比べれば、アンは自分を、まだまだと思う。それなのに銀砂糖師と呼ばれて期待していると言われると、責任を重く感じる。

「昨日も言いましたが、銀砂糖師といっても、わたしはまだ経験が浅いです」

教会から出て行こうと、マクレガンは出入り口の方向へ歩み出しつつ、首を横にふる。

「経験が浅くとも、あなたは銀砂糖師。王家勲章《くんしょう》を授《さず》けられるということは、その技量があるということです。十七年も前のことですが、わたしは銀砂糖師の作った砂糖菓子を見たことがあります。その美しさが今も忘れられません。店を持っていない流浪《るろう》の職人だったそうなので、名が知れた人ではなかったようですが。それでも、銀砂糖師というのは他の砂糖菓子職人とは違うのだと、子ども心に思ったものですよ」

アンははっとし、隣を歩むシャルも、ぴくりと眉《まゆ》をあげた。

「今、なんて仰《おっしゃ》いましたか!? 十七年前に、流浪の銀砂糖師の砂糖菓子をご覧になったと?」

急《せ》き込んで問うアンに驚いたのか、マクレガンは立ち止まりふり返る。

「ええ。そうですが」

速く打ち始めた鼓動《こどう》を抑《おさ》えるように、アンは胸に手を当てた。

(もしかして、それは)

期待が大きく膨《ふく》らむ。

「その銀砂糖師の名は、エマ・ハルフォードではありませんか?」

「わたしも子どもだったので、その方の名までは覚えていません。赤ん坊《ぼう》を連れている、優《やさ》しげな女性でしたが」

間違いない、と思った。ミスリルが「アン!」と嬉《うれ》しげに声をあげ、シャルもアンに頷《うなず》く。

アンの声は弾《はず》んだ。

「その銀砂糖師はきっと、わたしのママ——母です！」

マクレガンは何度か瞬《まばた》きした。

「お母様ですか？　間違いなく？」

「間違いありません。女性の銀砂糖師は、その当時も母だけだったはずです」

「そうなのですか？　そんな偶然《ぐうぜん》が」

アンは首を横に振る。

「わたしたち一家は十七年前に、コッセルに滞在《たいざい》して戦渦《せんか》に巻き込まれたらしいんです。わたしたちは、ここでどんなことに遭遇《そうぐう》したのかを調べるために、わざわざ来たんです。わたしがここにいるのは偶然ではないんです」

「目的があってコッセルにお見えとは聞きましたが……そんなことだったとは」

まじまじと、マクレガンはアンを感慨《かんがい》深げに見つめた。

「薄《うっす》らと記憶《きおく》の中にありますが。銀砂糖師に抱《だ》かれていた赤ん坊が、あなたですか」

「当時、エマ・ハルフォードと関《かか》わりを持っていた人を知りませんか？」

エマを知っているマクレガンの周囲にいた大人たちならば、ハルフォード一家について詳《くわ》しく知っている可能性がある。

マクレガンは頷く。

「当時コッセル教会を預かっていた先代教父は、あなたの母親だという銀砂糖師と交流していましたよ。今は体を悪くして引退しましたが存命で、近くに住んでいます。その先代の教父――ハリディ教父は、当時教会を預かっていたこともあり、町の様子もつぶさに見ているし、知っています」

勢いこんで、アンは一歩前に踏《ふ》み出す。

「そんな方がいるなら、ぜひお目にかかってお話を聞きたいです！」

「ハリディ教父は、話し好きでね。誰《だれ》でも、歓迎《かんげい》してくださる方です」

にこりと、マクレガンが微笑む。

「明日にでも、一緒《いっしょ》にハリディ教父のもとへ行きますか？」

「ありがとうございます。お願いします」

笑顔《えがお》になったアンに、ミスリルが親指を立てて見せ、シャルは柔《やわ》らかな表情で頷く。

(見つかった！　新しい手がかりが)

駒鳥亭《こまどりてい》に戻《もど》ると、食堂にギルバートとフラウの姿があった。机に突《つ》っ伏《ぷ》したフラウの背中を、傍《かたわ》らに座ったギルバートが撫《な》でている。彼女の背にある片羽に力はなく、金の色も薄《うす》く、輝《かがや》きがない。

「どうしたの？　フラウ」

アンが駆《か》け寄ると、ギルバートが目尻《めじり》をさげる。

「ああ。お帰り、アン。仕事はうまく進みそうかい？　疲《つか》れただろう」

「それは、なんとかしてみせるわ。過去のことで、手がかりになりそうなこともあったから、元気が出たし。それよりもフラウはどうしたの？　フラウ？」

そっと呼びかけて肩に手を触《ふ》れようとすると、その手首を、背後からシャルが摑《つか》む。

「こいつに触れるのは危険だ」

「でも」

アンの肩の上から、ミスリルがフラウを覗《のぞ》き込む。

「おっさん、フラウ、どうしたんだ」

「アンとシャルが使っている部屋の記憶を読んだのだけど、やっぱりとても疲れたみたいだ。なにしろ膨大《ぼうだい》な記憶を、延々と受け止めるからって。目眩《めまい》が酷《ひど》いらしい」

「たったひと部屋で、こんなに。全部の部屋の記憶を読むなんて、無茶なんじゃないのかな？　こんなになるなら」

眉をひそめたアンだったが、

「いいの」

くぐもった、フラウの声がした。ゆっくりと彼女は顔をあげる。

「いいの、続ける。それよりも手がかりって言ったわよね、アン。なにがあったの？　教えて」

「え、う、うん」

意外なほど知りたがっている様子のフラウに、面食《めんく》らう。

「明日、十七年前にママと交流をもっていた教父様に会えるの。何か聞き出せるはずよ」

ギルバートが腰《こし》を浮《う》かす。

「そんな人がいたのかい⁉　君のお母さんと交流を持っていたとしたら、僕のことも覚えている可能性が」

「あると思う」

期待の色がギルバートの顔に浮かぶ。

「僕も会いたい。その人に」

ミスリルが腰に手を当て、ふんぞり返る。

「そう言うだろうと思ってな。そのハリディって教父の家を訪ねるのは何人でも良いって、約束を取り付けてきたぜ」

「そうなのかい⁉　ありがとう、ミスリル・リッド・ポッド。なんて気が回るんだ」

「まあまあ、俺様のやることにぬかりはない」

と、顎《あご》をあげるミスリルを、シャルは無表情で見つめていた。

明日の訪問にギルバートが同行したがるだろうことを予想し、同行できる者の数をマクレガンに確認《かくにん》したのは、実はシャルだった。何か言いたそうだったが、それも大人げないと判断したのか黙《だま》っている。

「続けて記憶を読むのは大変だろうから、明日はフラウも休んで、わたしたちと一緒に行く？」

「いいえ。わたしは部屋の記憶を読む」

アンの誘《さそ》いを、フラウは間髪《かんはつ》を容《い》れず拒否《きょひ》する。

「でも、そんなに疲れてるし」

「大丈夫《だいじょうぶ》。手がかりは多い方が良い。だから読む」

呟《つぶや》くように言うと、テーブルの上に置いた自分の手に視線を落とす。

「……読む。見つけたいから」

金の睫《まつげ》を見おろし、シャルが不可解そうな顔をしている理由は、アンにも理解できた。ハルフォード一家の過去は、ギルバートの過去でもある。とはいえ、そこまでフラウが必死に知りたいものでもないはずなのだ。

（どうして、フラウはここまで）

ギルバートは気遣《きづか》わしげに、フラウの手に手を重ねた。

「無茶はしないでいいよ、フラウ」

こくんと素っ気なく、フラウは頷く。

「大丈夫」

言うとゆっくりと立ちあがる。

「部屋で、横になる。夕食のときに、また……」

すいと歩き出し、階段をのぼっていった。ギルバートは心配そうにその背中を見送り、ミスリルは顔をしかめた。

「あいつ、本当に愛想《あいそ》がないなぁ」

翌日再び、アンたちは徒歩でコッセル教会に向かった。

教父館で待っていたマクレガンにギルバートを紹介《しょうかい》し、アンとシャル、ミスリル、そしてギルバートの四人は、教会の敷地《しきち》を出た。

「ハリディ教父は、この近くにある一軒家《いっけんや》に、手伝いの教父見習いと一緒に住んでいます」

アンたち一行をともなったマクレガンは、教会正面の真っ直《す》ぐな道を進み、そこから右手へ折れた。町の周囲を辿《たど》るらしいその道を北へ向かう。

右手には町並みが続き、左手には草地があり、森が点在している。

「どんな方なんですか？　ハリディ教父は」

マクレガンと並んで歩むアンの肩《かた》にはミスリル。その後ろに、ギルバート、シャルと続いた。

秋風をかぐように、若い教父は気持ちよさそうに目を細めた。

「大変優《やさ》しい人ですよ。わたしは、ハリディ教父に育ててもらったんです」

「お父様ではないんですよね？　姓《せい》が違《ちが》うし」

「わたしは幼い頃《ころ》に身寄りをなくして、ハリディ教父に引き取られたんです。教父の自宅には身寄りのない子たちが、わたしを含《ふく》めて六人住んでいました」

「国教会の慈善《じぜん》事業かなにかで？」

「いいえ。本人が勝手にやっていたのですよ。だから子どもたちは、ハリディ教父に対して国教会から支給される生活費で生活していました」

「なぁ、アン。教父って、そんなにもうかるのか？」

アンの肩にいるミスリルが、ぼそっと訊《き》いたのが聞こえたらしい。マクレガンは苦笑《くしよう》した。

「たいしたお金はもらっていませんでした。今のわたしも、同様ですが。なので随分《ずいぶん》な倹約《けんやく》生活をしていました。ただ教父の人柄《ひとがら》や行いを見て、時々、職人ギルドや商人ギルドが、支援《しえん》をしてくれました。ありがたかったです。質素な生活でしたが、楽しかったですよ。野菜を作ったりしてね。みんな兄弟姉妹みたいで、おじいちゃんの家に集まってる孫という雰囲気《ふんいき》で、悲《ひ》愴《そう》感はありませんでしたね」

「じゃあマクレガン教父は今も、一緒《いっしょ》に育った人たちと兄弟姉妹みたいに仲良く？」

兄弟姉妹のいなかったアンには、羨《うらや》ましい話だった。しかし。

「いいえ。わたし以外の五人は、十七年前の内戦で亡《な》くなりました」

息を呑《の》み、アンはすぐさま頭を下げた。

「すみません、わたし。不用意なことを」

「いいんですよ。とても哀《かな》しいことですが、十七年前に身内や親しい人を亡くした者はコッセルには多いのです」

コッセルの傷は深いのだと、改めてアンは胸が痛かった。

「見えてきましたよ」

場の空気を変えるように、マクレガンは明るい声で言うと、前方左手にある小さな林を指さした。木々の間に、緑色に塗《ぬ》られた板屋根の平屋の家があった。

林の間をぬう、家へと続く細い道を抜《ぬ》けると、井戸《いど》がある小さな庭に出た。井戸で水をくむ少年の姿がある。

「ショーン。ハリディ教父は中にいるかい？」

庭に踏《ふ》み込みながらマクレガンが問うと、少年がこちらを見て、そばかすの浮いた顔に満面の笑《え》みを浮かべた。

「マクレガン教父！　いらっしゃい。ええ、中にいます。いつもの通り、アリスを撫《な》でてます」

答えながら少年の明るい目は、好奇心《こうきしん》いっぱいでちらちらとアンたちを見る。

「ハリディ教父に、お客様だよ。こちらの方たちが、会って話を聞きたいそうなんだ」

「わかりました。ついてきてください」

釣瓶《つるべ》を雑草の上へ置くと、少年は家へ駆《か》け込んでいく。それを追ってマクレガンとアンたちも、家の戸口に立った。

「こんにちは、ハリディ教父」

「おお、テレンス」

戸口から家の中が全《すべ》て見渡《みわた》せるような、小さな家だった。アンの家と大差がない質素さ。

やんわりと光の射《さ》す窓辺の椅子《いす》に、白髪《はくはつ》の老人が座っている。背を丸め、膝《ひざ》の上に、大きく眠《ねむ》そうな縞模様《しまもよう》の猫《ねこ》を抱《だ》いていた。

老人がハリディ教父だろう。こちらに顔を向けたハリディ教父の視線は、微妙《びみょう》に戸口の方向とずれていた。目が不自由なのだ。

「マクレガン教父が、お客様を連れてきたんですよ。ハリディ教父のお話を聞きたいって人ですって」

椅子の傍《かたわ》らに立った少年が告げると、マクレガンが言い添《そ》える。

「十七年前、コッセルに銀砂糖師の女性が来たことがありますよね？　わたしたちに砂糖菓子《がし》を作ってくれた。あの方の話を聞きたいそうです」

（マクレガン教父たちのために、作ってくれた？）

驚《おどろ》いて、アンはマクレガンを見やった。

「えっ？　砂糖菓子を？」

「言っていませんでしたか？　その女性の銀砂糖師は、ハリディ教父の依頼《いらい》で、わたしたちのために砂糖菓子を作ってくれたんです」

「ああ、懐《なつ》かしい話だな。銀砂糖師……名は確か……エマ・ハルフォードだったか」

見ず知らずの老人の口から、エマの名が出たことに、アンの胸は驚きと嬉《うれ》しさと懐かしさが入り混じるもので、きゅっとした。

マクレガンの目顔に促《うなが》され、アンは戸口から一歩中に入り、相手には見えないかもしれないと承知しつつも、敬意をもって膝を折る。

「はじめまして。ハリディ教父。わたしは、アン・ハルフォードと申します」

「ハルフォード？」

「エマ・ハルフォードの娘《むすめ》です。ママ——母の話を聞かせてもらいたくて、伺《うかが》いました」

「エマさんの娘。ということは……あのとき、彼女が抱《だ》っこしていた、あの赤ん坊《ぼう》？」

驚いたようにハリディが身じろぎすると、膝の上の猫が床《ゆか》に飛び降りた。

「こんなことも、あるんだな。なんだか嬉しいね。お入りなさい、中へ。さあ」

椅子の肘《ひじ》掛けを摑《つか》んで立ちあがったハリディに手招きされ、マクレガンにも「どうぞ中へと」とすすめられ、アンたち一行は家の中に入り、中央に置かれた食卓《しょくたく》の椅子に腰《こし》掛けた。

小さな家にもかかわらず、食卓は大きく六脚《きゃく》も椅子が並んでいる。

（お客様がよく来るんだわ、きっと。ハリディ教父を慕《した》って）

天井《てんじょう》の際《きわ》にはドライフラワーが沢山《たくさん》ぶら下げられ、暖炉《だんろ》の上には、けして高級そうではないが、温かみのある古い絵皿が飾《かざ》ってある。猫が、座ったアンの足もとにきて、足にまとわりつくようにゆっくりと尻尾《しっぽ》をこすりつけていく。

心地《ここち》よい家だ。

少年に導かれて食卓に着いたハリディは、食卓越《ご》しの気配に気づいたのか首を傾《かし》げる。

「お客様は大勢かい？　椅子は足りているかい？」

「足りてますよ。僕、お茶を準備します」

と、少年が応じて奥へ引っ込むと、マクレガンがハリディの近くへ椅子を移動させて腰を落ち着けた。

「教父の正面に、アン・ハルフォードさんがいらっしゃいます。向かってその左隣《ひだりどなり》に彼女の夫である妖精《ようせい》シャル・フェン・シャルさんという方が。右隣には、記憶《きおく》をなくしていらっしゃるそうですが、おそらくハルフォードさんの父親、ギルバートさんが……」

そこでハリディの皺《しわ》だらけの手が、マクレガンの手に触《ふ》れる。

「待ちなさい、テレンス。ギルバートさん？　ギルバート・ハルフォードさんか？」

「ええ、そうですが？」

戸惑《とまど》ったようにアンの向かって右の方へ顔を向けた教父の反応に、ギルバートの顔が強《こわ》ばる。

（ハリディ教父。パパの名前を聞いて顔色が変わった）

アンもわずかに緊張《きんちょう》した。

「……何か、事情がありそうだね。まあ、おいおい聞くとしよう。お客様はそれだけかね？」

先を促され、マクレガンは続ける。

「あとはハルフォードさんの肩に、小さなお友だちがいます。妖精のミスリル・リッド・ポッドさんという方が。お客様は四人です」

そうかと頷《うなず》くと、ハリディはアンの方へ真っ直《す》ぐ顔を向ける。こちらに向けられた目が優しかった。

「妖精を伴侶《はんりょ》として、妖精のお友だちがいるんだね。珍《めずら》しがられるだろう？」

声は擦《かす》れてはいるが、柔《やわ》らかなハリディの口調に嫌《いや》みはなく、労《いたわ》るような響《ひび》きがあった。

「はい。でも、わたしは夫と友だちのおかげで、母を亡くしても生きてこられました。銀砂糖師にもなれました」

「お母様、エマ・ハルフォードさんは亡くなられたのかい？　まだお若かっただろうに」

「病で四年前に」

「そうか……。それであなたは銀砂糖師に？」

「三年前に王家勲章《くんしょう》を拝受しました」

応じると、ほぉっとハリディは小さく感嘆《かんたん》の声をあげた。

「あの赤ん坊が立派になったね。声が、当時のお母様によく似ている」

「覚えていらっしゃるんですか？」

かな？」

笑って、ハリディは首を横に振《ふ》る。

「普段《ふだん》は忘れているよ。ただ聞いたことがある声を聞くと、記憶と結びつくんだね。あなたの声を聞いて、エマさんの顔を思い出した。それで、お母様の何を訊《き》きたくておいでになったの

「母のことだけではなく、十七年前コッセルで、わたしたち一家に何があったかを知りたくて来たんです。父は十七年前のコッセル内乱に巻き込まれて死んだと、母から聞いていました。けれど、父かもしれない人と出会いました。一緒にいるこの人が、そうです。ギルバート・ハルフォードと面識のあった妖精が、ギルバート本人だと言っています」

いったん言葉を切り、できるだけ感情的にならないように気持ちを落ち着けて続ける。

「わたしはずっと父は死んだと思っていたし、母もそう言っていました。けれど父は生きていました。だとしたら十七年前ここで何があって、父は死んだことになってしまったのか、家族が離《はな》ればなれになってしまったのか、知りたいんです」

「なるほど……それで、か。そうか」

ハリディは何度も頷き、応じた。

「訊きたいことはわかったので、わたしが知っていることなら全てお話しするよ」

「あの、そもそも」

たまりかねたようにギルバートが声をあげた。ハリディが顔を向けると、はっとしたらしく

ギルバートはぺこりと頭をさげた。

「申し訳ありません、急に。僕は先ほど紹介《しょうかい》いただきました、ギルバート・ハルフォードです」

ハリディの目が少し大きくなった。

「あなたの声。聞き覚えがあるな……」

アンとギルバートは、思わず顔を見合わせる。

「ハリディ教父は、当時のパパと面識があったんですか？」

アンが問うと、ハリディは頷く。

「当時ハルフォード一家と、度々《たびたび》顔を合わせていたからね……もしかすると、あなたの声を聞いていたのかもしれない。ただ顔を思い出せない……」

ギルバートが身を乗り出す。

「僕とは親しくなかったんですか？　さきほど訊きかけたんですが、なんでそもそも教父は、僕たち一家とかかわったんでしょう」

「わたしがあなたたちとかかわったのは、砂糖菓子を作ってもらうためだった。砂糖菓子の注文で、エマさんとは色々と話をしたがね。夫君のあなたは、あまりおしゃべりではなかったように記憶している。挨拶《あいさつ》をかわす程度だった。エマさんが仕事の話をしている間、あなたが赤ちゃんを抱《だ》っこして、子守りをしていたし」

そこで茶が運ばれてきた。少年がそれぞれの前にカップを置き終わるのを待って、ハリディは口を開く。

「あなたたち一家がコッセルにやってきたのは、町が焼かれるふた月ほど前だった。小さな赤ん坊を連れて、旅から旅の生活はきつかったのだろう。コッセルに暫《しばら》く滞在《たいざい》しようと考えたらしく、教会の近くにある農家の庭の一角を借りたようだったね。そこに箱形馬車を止めて馬を繋《つな》いで、テントを張って。農家の井戸《いど》を使わせてもらってた」

記憶を探《さぐ》るように、ハリディは天井を仰《あお》ぐ。

「ここにやってきた当初に、あなたたちは家族で教会に挨拶に来た。近所の農家の庭先を借りて暫く滞在するので、よろしくと。赤ん坊を抱いていて、感じの良い若夫婦だなと思ったよ。その時エマさんが、自分は銀砂糖師だから、必要があれば砂糖菓子《がし》の注文を受けると言って」

「赤ん坊を連れていたのに、野宿みたいな生活をしていたんですか？　旅はきついからとコッセルの町にわざわざ来たのに、町に入らず？」

ギルバートが不思議そうに言うが、アンには、当時のエマの考えが理解できた。

「それはきっと、コッセルの町にいる砂糖菓子職人たちと揉《も》めたくなかったからよ、パパ」

「もめる？　もめるって、なんで？」

「おっさんは、なんにも知らないんだなぁ」

ミスリルが呆《あき》れたような声を出す。

「町にいる砂糖菓子職人ってのは、そこが自分の縄張《なわば》りだって思ってんだよ。流れ者の砂糖菓子職人が来たら、自分の縄張りを荒《あ》らされるって怒《おこ》るんだぜ」

「王国を巡《めぐ》っている間に、アンも何度かそんな目にあった」

ぽつりと口にしたシャルの言葉に、ギルバートは目を見開く。

「そんなことが？」

ハリディも頷く。

「当時のコッセルも、そんな様子だった。それを気遣《きづか》ってエマさんは町中に入らなかったようだが、それでも砂糖菓子職人――銀砂糖師が近くに滞在しているという噂《うわさ》は広がる。ただ当初は町の皆《みな》は怪《あや》しんで、注文に来るお客もいなくてね。だからわたしが、彼女に砂糖菓子を頼《たの》んでみた。ふた月後に収穫祭《しゅうかくさい》があるので、当時養育していた子どもたちに贈《おく》り物をしたかったんだよ。幸福を招く砂糖菓子なら、贈り物に相応《ふさわ》しいだろう？　あまり裕福《ゆうふく》ではなかったから、たいした金額は出せないと言ったんだが、それでも彼女は快く引き受けてくれた」

マクレガンが懐《なつ》かしむように、アンを見る。

「収穫祭のひと月半前だったかな。ハリディ教父が家に、砂糖菓子を持って帰ってきてくれたんです。それがとても綺麗《きれい》で、嬉《うれ》しくて。わたしたちは大興奮して、その日の夜は寝付《ねつ》けなかった」

まるでその時の砂糖菓子をアンが作ったかのように、マクレガンは嬉しげに目を細めた。

子どもの頃《ころ》に目にした砂糖菓子を思い出した人が、十七年経《た》った今もこんな表情をすることに、アンは胸が熱くなる。それほどエマの砂糖菓子は、彼らに強い印象を残したのだろう。

「どんな砂糖菓子だったんですか」

「収穫祭に相応しい砂糖菓子でした。林檎《りんご》や葡萄《ぶどう》、秋野苺《あきのいちご》……とにかくわたしたちの好きな秋の果物が山のように籠《かご》に入っているんです。それらは現実の果物と違《ちが》って、艶々《つやつや》と明るく、鮮《あざ》やかな色で、見ているだけでわくわくしました。籠は麦藁《むぎわら》で編んでありました。編まれた籠は秋の花々で飾《かざ》られて、それがまた色とりどりで、麦藁の籠すらも艶々した金色で。驚《おどろ》いたことに籠やそれを飾る花までも、全《すべ》て砂糖菓子でした。可愛《かわい》らしくて……綺麗でした」

十七年も前の砂糖菓子をマクレガンが詳細《しょうさい》に記憶しているのは、驚きだった。くっきりと記憶に残るほどに嬉しかったのだろう。

エマの作った砂糖菓子の形が、アンにはありありと想像ができた。

(収穫祭に子どもたちに贈る砂糖菓子だから、ママはきっと、子どもたちにわかりやすくて喜ぶものを作ったんだ)

子どもたちの大好きな秋の果物を鮮やかに美しくふんだんに籠に盛って、華《はな》やかに、楽しげに。一目見て、幼い子どもたちも含《ふく》めて全員が、飛びあがって喜べるように——。

そんなエマの考えが伝わってくるようだった。

自然と笑《え》みがこぼれる。
(ママ)

スカーレットの邸《やしき》でエマの作品を目にした時に似た、温かみを覚える。こうしてエマの温《ぬく》みに触《ふ》れるのは二度目。二度も触れると、エマがこの世にいなくとも、いつでも彼女に会えるような気がしてしまう。

「あまりに見事な砂糖菓子だったもので、当時の商人ギルドと職人ギルドに、今年の収穫祭の砂糖菓子はエマさんに頼んではどうかと、茶飲み話に言ってしまったんだがね。それは、まずいことをしてしまったと思うよ。ハルフォード一家に申し訳なかった」

「何かあったのか？」

シャルが鋭《するど》く問うと、ハリディがおやというようにそちらに顔を向ける。すかさずマクレガンが「ハルフォードさんの夫です」と囁《ささや》く。ハリディは、了解《りょうかい》したように頷《うなず》き口を開く。

「ハルフォード一家に嫌《いや》がらせが始まったんだ。おそらく町の砂糖菓子職人たちだろうと思うが。石を投げられたり、馬車の車輪が壊《こわ》されたり。十日もしないうちに馬が盗《ぬす》まれて、馬車を動かすことができないと随分《ずいぶん》困っていた。新しく馬を買う余裕《よゆう》がないと」

「今も昔も、どこもかしこも、同じだなぁ。人間なんて、みみっちい」

ミスリルがぼやく。

「それでその後、ママとパパはどうなったんですか？　内乱のときの、わたしたち一家がどうなったのかご存じですか？」

「……知っているよ」

途端《とたん》に、ハリディの瞳《ひとみ》が暗くなった。

「ミルズランド家とチェンバー家、双方《そうほう》の兵士が町に乱入して、もはや双方が戦っているのか、双方が競い合って町を略奪《りゃくだつ》しているのか、わからないような混乱状態だった。町が火に包まれて、怪我《けが》人や亡《な》くなった人が、教会に運び込まれてあふれたが……。その中に、ギルバート・ハルフォードさんとおぼしき怪我人がいた。顔もわからないほどのひどい火傷《やけど》を負っていたが、本人がギルバート・ハルフォードと名乗ったそうだ。しかし……間もなく息を引き取った」

「……え？」

ギルバートが、ぽかんとした顔になる。

「僕だと名乗った人が、死んだ？」

「それは本当にパパだったんですか？」

勢いこんで身を乗り出すアンに、ハリディは頷く。

「当時教会にローガン・エバンズという下働きの男がいた。その男が、ギルバート・ハルフォード本人と確認《かくにん》して看取《みと》ったと言っていた。ローガンは、ハルフォード一家と同じ時期にコッセルに流れてきた、チェンバー家軍の脱走《だっそう》兵でね。しばらく、ハルフォード一家が借りているのと同じ農家の庭で野宿していたんだ。一家と親しかったはずだ。何しろ教会の下働きとして彼を雇《やと》ってくれないかと相談をもちかけてきたのは、エマさんだったから」

「じゃあ、ギルバート・ハルフォード……パパは、死んだんですか？」

啞然《あぜん》と問うアンの方に顔を向け、ハリディは深く頷く。

「亡くなった」

ミスリルとシャルが不可解そうに顔を見合わせるが、アンは呆然《ぼうぜん》とした。

（パパは十七年前に死んだ？）

アンの傍《かたわ》らで、死んだはずの男が愕然《がくぜん》とした表情で、困惑《こんわく》顔のハリディを見ている。

「ギルバートさんは今、ここにいるが……。間違いなく亡くなったはずなんだよ。ローガンが間違えるとは思えない。嘘《うそ》をつく必要もない。エマさんが赤ちゃんを抱いて教会の裏でしゃがみ込んで泣いているのを、わたしは慰《なぐさ》めた。ただその後、エマさんと赤ちゃんがどうなったかは、わからない。わたしも、育てていた子どもたちを五人失って……失意と悲嘆《ひたん》とで、気もそぞろで。町もひどい有様だった。死者の埋葬《まいそう》が追いつかず、手当たり次第《しだい》に墓穴が掘《ほ》られて遺体を埋《う》めなければ間に合わないような状態が続いて……。気がついたらエマさんの姿は町から消えていた」

食卓《しょくたく》に並べられた茶に、まだ誰《だれ》も手をつけていなかったが、そこから立ちのぼる湯気はすでに消えている。冷めてしまった茶のカップを、ハリディの傍らに立った少年が残念そうに見回しているが、席についた者は全員暫《しば》く動きを止め、口を開けなくなった。

（パパが死んだ。ママが泣いていた……？　じゃあ……）

沈黙《ちんもく》を破ったのはミスリルだった。

「ギルバート・ハルフォードが確実に死んでるなら。じゃあ、おっさん……誰？」

気味悪そうにアンの髪《かみ》に隠《かく》れながら、ミスリルがギルバートの方を――いや、ギルバートと思われていた男を見やる。

ギルバートは、のろのろとアンに顔を向けた。

「……わからない。ギルバート・ハルフォードではないなら、僕は誰なんだ？」


(面倒《めんどう》な話になってきた)

驚きが隠せないアンとギルバートの表情を見やって、シャルは眉《まゆ》をひそめた。

故郷にいた頃からギルバートを知っているフラウが認めているので、彼がアンの父親なのは間違いないと思っていた。

だがハリディはギルバートは亡くなっているという証言を得ており、なおかつ当時赤ちゃんだったアンを抱《だ》いて泣いているエマの姿まで見ている。

(どういうことだ？)

考えられる可能性は、二つ。

一つ目は、事実ギルバートは死んでおり、フラウが嘘をついている可能性。しかしフラウが、赤の他人をギルバートだと言い張って、なおかつその男の側《そば》にいて彼の記憶《きおく》を取り戻《もど》す手伝いを買って出る理由がわからない。

二つ目は、ギルバートは本当は生きていたが、ローガンという男やエマが、死んだと勘違《かんちが》いをした可能性。ギルバートは重傷を負ってどこかで保護され、命を取り留めた。その後回復したものの家族とは離《はな》ればなれになっており、さらに記憶も失っており、今に至る。

一つ目の可能性を確かめるためには、フラウが嘘をついていないと証明しなければならない。ただ彼女本人を問い詰《つ》めても、今の主張を覆《くつがえ》しはしないはず。

となると、二つ目の可能性を確かめるしかない。そのために必要なのは——。

「ローガン・エバンズは今も教会にいるのか？」

呆然としているアンとギルバートの代わりにシャルは、ハリディに問う。

「ローガンも、町が焼けた後、混乱の最中に姿を消した。教会所有の荷馬車を勝手に持ち出したようだったが……。ただ荷馬車だけは十日ほど経って、コッセル郊外《こうがい》に乗り捨てられているのを見つけたがね」

「そいつの故郷は？」

脱走兵だとしたら、コッセルで貯《た》めた小金を旅費にして故郷に戻っている可能性が高いかもしれない。

「すまないね。聞いたはずだが……覚えていない」

シャルは目を伏《ふ》せ、ため息をつく。

名前しかわかっていない、十七年前に姿を消した脱走兵など見つけられはしない。

(どうする？　面倒なことになったにもかかわらず、手がかりが消えた)


どうすればいいのかわからないというのが、アンの正直な気持ちだった。

(この人はパパじゃない？　それともパパ？)

困惑が大きく、駒鳥亭《こまどりてい》に戻る道すがら、アンは口を開くことができなかった。

それはギルバートも同じらしく、無言で足もとを見つめて歩いている。アンよりもギルバートの方が戸惑《とまど》いは大きいだろう。

黙々《もくもく》と歩みながら考え続け、駒鳥亭が視界に入る頃《ころ》には一つだけやるべきことがアンの中で固まった。まずフラウに確認するべきだ。嘘をついていないか——と。もし彼女が嘘をついていたとしたら、ハリディの証言があったと問い詰めれば、事実を話すかもしれない。

駒鳥亭の前まで来ると、アンはいったん足を止めた。つられるように、シャルとギルバートの足も止まった。

「ねぇ、みんな。帰ったら、とりあえずフラウに訊《き》いてみない？　パパのこと、嘘をついているのかって」

「嘘をついているのなら、素直《すなお》に認めるわけがない」

素っ気ないシャルの返事は当然だ。彼の肩の上で、ミスリルも腕組《うでぐ》みする。

「だよなぁ。でもさ、嘘をつく理由なんて考えられるか？」

ギルバートも弱々しくだが同意する。

「僕もフラウが嘘をついているなんて思えない」

「でも、まずは訊いてみなきゃいけないのは確かよね」

力ないアンの言葉に、ため息交じりにシャルも応じる。

「まあ、一度は確認するべきだ」

意を決して駒鳥亭に戻ると、真っ直《す》ぐギルバートとフラウ、ミスリルが使っている部屋へ向かう。ノックをすると、どうぞとフラウの声が返ってきた。

扉《とびら》を開くと、フラウはベッドから起きあがろうとしている所だった。ひどく顔色が悪い。今まで横になっていたらしい。

「おかえりなさい、皆《みな》さん」

ベッドに座ったフラウの声は細く、力がない。アンは思わず訊いた。

「フラウ、具合が悪いの？」

「疲《つか》れただけ。今日、一階の二部屋の記憶を見たから。でも、どちらもギルバートの使った部屋じゃなかったみたい」

大きく息を吐《は》き出し、視線を床《ゆか》に落としたフラウは暫く動かなかった。

（こんなに疲れてまで、部屋の記憶を読んでくれてる。そこまでしてくれるのは、ここにいるパパが、ギルバート・ハルフォードだからじゃない？）

嘘《うそ》をついているのかと問いかけることに、躊躇《ためら》いが生じる。

しかしフラウの方がその場の空気と、もの問いたげな全員の視線に気づいたらしく、顔をあげた。

「なに？　なにか、あったの？」

不安げにきょときょと瞳《ひとみ》を動かす。

（一度は、確認《かくにん》しなきゃ）

躊躇いはあったが、意を決してアンは口を開く。

「フラウに訊きたいことがあって。ねぇ、フラウ。フラウは嘘をついていない？」

「嘘？」

目を見開き、フラウの金の瞳がきゅっと収縮した。日射《ひざ》しの中に出た猫《ねこ》の目のようだった。

「嘘って、なんの？　わたし、なにも嘘なんかついてない」

ギルバートが進み出る。

「一年前、セラの楽園で初めて会ったとき、フラウは僕のことをギルバート・ハルフォードだって言ったよね。間違《まちが》いないって」

「だってギルバートだから」

「本当にそうなのかい？　今日、話を聞いた教父は、ギルバートは十七年前の内乱で亡《な》くなったって言うんだ。彼と親しかったローガンという人が、ギルバートを看取《みと》ったらしい」

「え？」

すぼまった虹彩《こうさい》のまま、唖然《あぜん》としていたフラウだったが、すぐにゆるゆると首を横に振《ふ》る。

「その人は、なんでそんなこと言うの？　ギルバートは今、ここにいるのに」

「僕はギルバートとは別人じゃないのかい？」

「ギルバートよ。わたしが間違えるはずない」

アンはシャルに目配せし、どう思うかと無言で問う。シャルはわからないと言うように、肩《かた》をすくめた。

「フラウが嘘ではないと言うなら、これ以上問い詰めても無駄《むだ》だ。事実を語っているなら、こいつの言うことは変わらない。嘘をついていたとしても、ここまでつき通す嘘なら、簡単には嘘と認めない」

「嘘じゃ……ない」

シャルの言葉にフラウはうつむき、小さな声で抗議《こうぎ》する。

「ごめんね、フラウ。あなたが嘘をついているって、決めつけているわけじゃないの。ただ、確かめたくて」

取り繕《つくろ》ってみたが、フラウは項垂《うなだ》れたままだった。アンは息をつく。

「ハリディ教父の証言を裏付けるのに、残る方法は、パパを看取ったと証言したローガン・エバンズの行方《ゆくえ》を捜《さが》すしかないのかしら」

ギルバートは力が抜《ぬ》けたようにベッドに腰《こし》を下ろし、頭を抱《かか》えた。

「十七年前に町を去った流れ者の脱走兵《だっそうへい》を、今さらどうやって捜せば良いんだ？」

どうすると問うように肩の上からミスリルにも見つめられ、アンは考え込む。

「そうね。まず……ローガンと接触《せっしょく》のあった人を探そうかな？　ハリディ教父はローガンの故郷の名を忘れたって仰《おっしゃ》ってたけど、彼と接触のあった人たちの中に、覚えている人がいるかもしれないし。故郷の名がわかれば、希望はあるかも。ローガンは故郷に帰ってるかもしれないから」

「それしかないだろう」

シャルが同意してくれたので、すこし自信がわいてアンはさらに続ける。

「まず町の顔役の人たちに訊いてみよう、ローガンのこと。それに、ついでに、当時のパパのことも訊こう。わたしたちは一家で教会近くにいたのに、どうしてパパだけが十日間も駒鳥亭に滞在《たいざい》していたのかも、まだわからない。十日間もコッセルの町中にいたのなら、町の中で何かしていた可能性は高いと思うから、顔役の人たちは、知ってるかもしれない」

町の顔役といえばギルドの長《おさ》だ。

「そうだ。ワッツさんが、ギルドの長たちに話を聞いてくれるって言ってた。ワッツさんにお願いすれば、直接長たちに会って話がきける段取りをしてくれるはず」

己《おのれ》を励《はげ》ますようにつとめて明るく言って、アンはギルバートの肩に手を置いた。

ギルバートが顔をあげる。

「まだ、色々わからないことばかりだけど。フラウが、ギルバート・ハルフォードだって言うなら今はそうしとこう。パパ」

「アン」

ギルバートの目尻《めじり》が下がり、顔に貼《は》りついた痛ましさが和《やわ》らいだ。

「君が、本当に僕の娘《むすめ》であってほしいよ」

フラウが、もじもじと両手の指を絡《から》ませながら言う。

「わたしも、部屋の記憶《きおく》を読むわ。ギルバートのこと、調べる。手伝うから」

精一杯《せいいっぱい》の頑張《がんば》りを口にして信頼《しんらい》を得ようとするかのようなフラウに、アンは微笑《ほほえ》む。

「うん。随分《ずいぶん》大変かもしれないけど、続けてよろしくね、フラウ。ありがとう」

ほっとしたように、フラウの表情が緩《ゆる》む。

(落ち着かなくちゃ。仕事も、ある。おろそかにできない大切な仕事が)

けして投げ出せない大切なことは仕事——砂糖菓子《がし》だ。

一方の、過去を知ることは、ことによると投げ出すのも可能なのだ。もしローガンの行方もわからず、ギルバートの身に何があったのかもわからなければ——過去を知るのは、諦《あきら》めればいい。そして、自分が信じたいことを過去の事実として信じてもかまわないのかもしれない。

（今のパパを、パパと信じて。十七年前に何があったかなんてものは、自分で想像してそれを信じて——）

アンは首を横にふり、思考を別に向ける。

（過去にばかり、かまけてられない）

引き受けた仕事は、なかなか厄介《やっかい》なものだ。作業の日数が少ない上に、アンにはまだ、これといった決定的な砂糖菓子の姿が見えない。

作るべき砂糖菓子の姿を見つけるために、次の手を打つ必要がある。

（まず知らなきゃ……作れないよね）

当たり前のことから、やっていかなければならないのだろう。そんなことを忘れそうになる自分の焦《あせ》りを自覚しながら、アンは決意した。

（明日、また教会へ行こう）

フラウとギルバートはベッドに並んで座り、不安げに肩を寄せ合っている。その姿をシャルが、警戒《けいかい》するかのように無表情に見つめていた。

翌日、アンは教会を訪ね、再びハリディ教父から話を聞きたいとマクレガン教父に申し出た。

鎮魂祭《ちんこんさい》にふさわしい形を創造するには、十七年前のことを知らなければならないと、アンは改めて感じたからだ。ワッツにしろ、マクレガンにしろ、彼らの口からぽつぽつと出る惨禍《さんか》の記憶から生まれる言葉。そんなものから、アンは形をなすもののヒントを得られると思えた。

過去の事情を訊《き》くのは、ハリディが相応《ふさわ》しいだろう。

コッセル教会の教父で、様々なものを見聞きしたに違いない。そして彼の穏《おだ》やかで理知的な様子から、的確にその時のことを想像できる言葉が聞ける気がしたのだ。

マクレガンはすぐに段取りをつけてくれたので、初対面の翌日、再びアンはハリディの家を訪ねた。

四章　その指輪

二度目のハリディ家への訪問は、アン一人だった。

来客がアンだけだとわかると、ハリディは庭にある、小さなテーブルと丸太椅子《いす》に茶を運ぶように、手伝いの少年に命じた。

「今日は君一人なんだね」

庭のテーブルに向かい合わせで席に着くと、ハリディがにこやかに言う。

「はい。夫と友だち、父は、商人ギルドの長と、職人ギルドの長のところへ話を聞きに行っています。昨日ハリディ教父に教えてもらった、ローガンのことを調べるために」

シャルとミスリル、ギルバートは、商人ギルドの長コネリーと職人ギルドの長アダムスを順次訪問する予定になっていた。

ワッツに両ギルドの長に会いたいのだとお願いすると、彼は快く長たちに連絡《れんらく》を取ってくれ、今日の訪問を取り付けたのだ。

フラウは、宿に残って部屋の記憶を読んでいる。今日は二部屋が空くので、頑張って二部屋分の記憶を読むと言っていた。

（無茶なことしなきゃいいけど、フラウ）

嘘《うそ》をついているのかと訊いてしまったことが原因で、フラウに無茶をさせているかもしれないと危《あや》ぶみ、その点は気にしないでほしいと彼女に伝えてはいた。

「わたしが、ローガンのことをもっと知っていれば良かったのだろうけどね。教会で雇《やと》っていたのに、あまり知らなくてね。申し訳ない」

「母が、教父様にお願いしたんですよね？　ローガンを雇ってほしいと」

「そうだよ。砂糖菓子を作ってもらって、ひと月たった頃《ころ》だったね。しかしその半月後にはあの戦禍《せんか》があったから、実質彼が働いてたのは二十日足らずだったのか……。しかも住み込みではなく、通いだったし。あまり踏《ふ》み込んだ話をする暇《ひま》もなかった」

「ママはどうして、ローガンを雇ってくれなんて言ったんでしょうか？」

ハリディは目元に皺《しわ》を寄せた。

「放《ほう》っておけなかったのかもしれないね」

「え？」

「ローガンという男は、小心者でね、いつもびくびくしていた。まあ、脱走兵だったからかもしれないのだが。そのうえ自分に甘いところがあって、仕事の手を抜くような小ずるいこともしたな。注意すると、ぺこぺこと頭を下げて一生懸命《いっしょうけんめい》にやりなおす。ああ……エマさんが言っていたことを思い出したよ。『仕事さえあれば、真っ当に働く人だろう』と」

ハリディは苦笑《くしょう》した。

「そうそう。雇ってみて『なるほど』と、エマさんの観察眼に感心したんだった。ローガンは楽をしたいというような、小ずるいところや怠惰《たいだ》なところはあったが、根は悪くない。しっかりと性根《しょうね》をたたき直していけば、良い人間になりそうだった。エマさんは、教会にそれを期待したんだね」

「よく覚えておいでですね」

「印象深かったからね、君のお母様は。ローガンも妙《みょう》に愛嬌《あいきょう》のある男でね。気弱そうで優《やさ》しいし、真面目《まじめ》に仕事をしようとする気概《きがい》はあるんだが、つい怠《なま》け癖《ぐせ》が出るのが、いい年をして成長しきっていない子どものようでね」

エマならば、たまたま同じ場所に野宿した男が、ちゃらんぽらんに生活しているのを見たらうんざりするだろう。ただその人と親しくなり、根が悪くないと理解したら、ちょっとしたお節介《せっかい》はしそうだ。

(ママはわたしが赤ちゃんの頃から、ずっと変わらず、わたしの知ってるママだったんだ)

またエマの存在に触《ふ》れた気がした。

庭には、小さな木の実をつけて揺《ゆ》れる低木が多かった。赤紫《あかむらさき》の実がすずなりになって、重そうに枝をしならせて、あるかなきかの風に揺れていた。

秋らしいやわらかさの日射《ひざ》しが降り注ぐテーブルには、お茶のセットの脇《わき》に、赤く紅葉しかけた数枚の葉と木の実をつけた枝が配置されて彩《いろど》りになっている。手伝いの少年の気遣《きづか》いだろう。テーブルの上に手を置いたハリディの指先にそれが触れると、彼は「おやっ」と言ってその葉や木の実に触れ、微笑した。

「葉が、乾《かわ》いている。色が変わっているんだね」

「はい。赤い色です。ハイランドベリーの葉です」

カップを手もとに引き寄せたアンは、周囲を見回す。

「素敵《すてき》なお庭ですね」

「体が不自由になる前は庭仕事が趣味《しゅみ》で、丹精《たんせい》したんだ。子どもたちも庭仕事を手伝ってくれて……」

ふとハリディは自分の手元に目を落とす。

「マクレガン教父から聞きました。ハリディ教父に育ててもらったのだと。五人、同じような子どもたちと生活していたと。でも十七年前の戦禍で亡《な》くなったと」

風が吹《ふ》き、ハリディの指先に触れている木の葉がテーブルの上を滑《すべ》り、地面に落ちた。アンはそれを拾い上げ、ハリディの手元に戻《もど》す。

「わたしは今年の鎮魂祭の砂糖菓子を、依頼《いらい》されました」

顔をあげたハリディに、アンは静かに言う。

「わたしの一家も十七年前の戦禍で運命が変わったのかもしれません。無関係ではないから、砂糖菓子《がし》を作りたいんです。コッセルの町にあった悲劇を知って、亡くなった方や、運命が変わった方が、そして今生きている方が、鎮魂の日に相応しいと思って見てくれるような。だから、子どもたちのこと──聞かせてもらえますか？」

無言で、ハリディは茶のカップに手を伸《の》ばし一口飲む。

（きっと辛《つら》い思いをさせてしまう）

それでも知らなければ作ることができない。だから聞くしかない。

もし聞かせてもらえるのならば真摯《しんし》に受け止め、聞かせてもらえたぶんだけ良い砂糖菓子を作らなければならない。責任は重くなる。

しばらくの沈黙《ちんもく》の後、ハリディは口を開いた。

「マクレガン教父──わたしにとっては、未《いま》だにわんぱく者のテレンスなのだが──彼が当時、十三歳で最年長だった。その下に十歳のリサ、リサの弟の八歳のチャド。六歳のコンラッド、四歳のクラーク。まだ二歳だったパティがいた。最年長のテレンスが一人前に子どもたちのリーダーのような顔をして、あれこれ面倒《めんどう》をみてくれていた。リサがまた、自分は小さい子のお母さんだと口にするような、しゃんとした子で。教父は身寄りのない子を育てていると町の者たちは言っていたが、わたしは何もしていない。幼い子は年上の子を慕《した》って言うことを良く聞いていたし、年上の子は幼い子たちの面倒を良くみていたし。彼ら自身で、しっかり生きていた。わたしは、見守るだけで。やったことと言えば、ただ彼らに食べるものと寝《ね》る場所と、着るものを提供するだけで。彼らが生活している家を、少しでも心地好《ここちよ》い場所にしてあげることしかできなかった」

「この家で生活されていたんですか？」

「そうだよ。教父館は当時、見習いたちも数人いたからね。わたしと子どもたちは、ここに」

改めてアンは、緑の屋根の小さな家と庭に目をやった。

ハリディは子どもたちを「育てていた」つもりはなかったらしい。

(ゆるやかで、穏《おだ》やかな生活だったんだ、きっと)

くすっと、ハリディが何を思い出したのか笑った。

「テレンスは今でこそあんなにすました顔をしているが、十歳を過ぎるまでは、わんぱくでね。木から落ちるわ、川にはまるわ、蛇《へび》に噛《か》まれるわ。それでも幼い子たちには、随分《ずいぶん》優しくて。小さい子たちのために野犬を追い払《はら》ったり、意地悪をする町の悪ガキと喧嘩《けんか》をしたりね。それも結局、野犬に嚙みつかれたり、悪ガキに殴《なぐ》られて目を腫《は》らしたり」

「あのマクレガン教父がですか⁉」

今の、穏やかそのものといった風情《ふぜい》の若い教父からは想像もつかない。

「笑えるだろう？　そんなテレンスに、リサが小言を言うものだから、おかしくてね。一人前に腰《こし》に手を当てて、頭二つ背の高いテレンスにリサが、『なんでそんなに危ないことばっかりするの！　テレンス！』と説教しているのを見たときには、笑いが止まらなかったよ。テレンスがタジタジなのも、またおかしくて」

「リサって、すごくしっかり者だったんですね」

「そうだよ。賢《かしこ》くてね。チャドとコンラッド、クラークが、三人いつも一緒《いっしょ》に、わたしが食事の準備をしていると、盗《ぬす》み食いするんだよ。そしたらリサが三人を捕《つか》まえてきて、罰《ばつ》として、夕食の準備の手伝いをさせるんだ。テレンスとリサはもちろん、いつも準備を手伝ってくれたが。そうして三人組が渋々《しぶしぶ》手伝いをしていると、皆《みんな》がやっているものだから、パティも手伝いに来てね。ちょこちょこ歩き回るだけで、忙《いそが》しいとぶつかりそうになるんだよ。パティは邪魔《じゃま》なのか手伝いなのかわからないと、子どもたちは渋《しぶ》い顔をしていたけれど、誰《だれ》もパティをその場から追い払ったりしなかったね」

　その場面が鮮《あざ》やかに想像できて、アンはつい笑ってしまった。

　つられるようにハリディも小さく笑った。

　エマが作った砂糖菓子は、秋の果物を鮮やかに、色とりどりに形にしていたと聞いた。彼女はおそらく、ハリディと子どもたちの様子から、綺麗《きれい》な色の明朗さを感じ取ったのだろう。

　カップのふちを指でなでながら、ハリディは呟《つぶや》いた。

「楽しかったねぇ、あの頃は。こんな生活がずっと続けば良いと思っていたが、テレンスが十三歳になって教父見習いとして教会に出入りするようになって。あの子は急に、落ち着いた。国教会の巡回《じゅんかい》官があの子を見てね、教父学校に入れたらどうかと助言されて。ああ、この子たちも大きくなるから、順々にわたしを必要としなくなるんだなぁと、ちょっと寂《さみ》しく感じはじめていたんだが……それは、わがままだったのだよ。そんなことを寂しいなんて思うのは。だからわたしは、子どもたちを失ったのかもしれない──あの日」

風が吹き、再び赤い木の葉がテーブルから滑り落ちた。「あの日」という言葉の重みに、アンは動けず、木の葉を拾えず、ただハリディの濁《にご》った灰色の瞳《ひとみ》を見つめた。

「あの日の明け方、ミルズランド家軍が町の南に来ていると知らせがあり、何かあった時には対処しなければと、わたしはテレンスを連れて教会に行った。子どもたちは、家に。夜が明けると町の北にチェンバー家軍が押し寄せて、そのまま町に雪崩《なだ》れこんで。それに対抗《たいこう》する形でミルズランド家軍も町に入り、火の手があがった。町の自警団の手で、町から教会に、次々に怪我《けが》人や亡くなった方が運ばれてきた。わたしもテレンスも、それに対応するのに手一杯《ていっぱい》で、子どもたちが残っている家の様子を見に行く暇《ひま》もなかった」

「家になにか?」

ハリディは頷《うなず》く。

「チェンバー家軍の兵士の一団が、教会の方へ来た。自警団のおかげで教会は難を逃《のが》れたが、この家は襲《おそ》われた。食料や金目のものが奪《うば》われ、子どもたちは全員……」

灰色の瞳を見て、アンは悟《さと》った。

(あの日に、どんなことが起きたかなんて……これ以上詳《くわ》しく話してもらう必要はない)

子どもたちとの日々を聞いていたとき、アンの頭の中にはきらきらと美しい鮮やかな色が沢《たく》山浮《さんう》かんだ。しかしあの日の話が始まってから、アンに浮かぶ色彩《しきさい》は一つ。暗い灰色のみ。

あの日にあったことを表現するなら、ただ一つの言葉で良い。

(奪われた)

命も、喜びも、色彩も――。

思わずアンは、テーブルの上に置かれたハリディの手に触《ふ》れた。

「よくわかりました。感謝します、ハリディ教父」

皺《しわ》だらけの、乾いた皮膚《ひふ》を感じながら約束した。

「聞かせてもらったお話のぶん、鎮魂《ちんこん》祭に相応《ふさわ》しい砂糖菓子を作ります、必ず」


「なにぶすっとしてんだよ、シャル・フェン・シャル」

肩《かた》の上に乗るミスリルに指摘《してき》されたが、シャルは不機嫌《ふきげん》を隠《かく》す気もなく応じた。

「別に」

すると傍《かたわ》らを歩いていたギルバートが、肩をすぼめる。

「すまないね、シャル。ハリディ教父のところにアンと一緒に行きたかったよね。僕は本当に、一人でも大丈夫《だいじょうぶ》なんだけれど」

横目でギルバートを見やったが、彼があまりに申し訳なさそうなので、ため息が出る。嫌《いや》みを言う気にも怒《おこ》る気にも、ならない。この男は優《やさ》しすぎて、やわらかすぎて、あつかいに困る。

（こいつがこんな様子だから、俺が一緒に来るはめになる）

シャルは、ギルバートとミスリルとともにコッセルの大通りを歩いていた。

ローガンの情報を集めるために、アンはワッツを通して、商人ギルドと職人ギルドの長《おさ》に、面会の約束を取り付けた。ハリディとの対面もあるために、ギルドの方はギルバートが訪問することになったのだが、彼一人で行かせるのをアンが危《あや》ぶんだ。

アンは、ハリディとは昨日顔を合わせているし、家へ行く道もわかっているので心配はないと言った。それよりもギルバートの方が心配だから、彼に付き添《そ》ってあげてくれないかと、シャルは頼《たの》まれた。

この男が本当にアンの父親かどうか、再びあやしくはなってきたが、アンは彼が父親ではないと確定するまでは、父親と思うことにしたらしい。

心の底からアンと一緒に行動したかったが、「お願い」と真剣《しんけん》な目で言われたら嫌と言えなかった。

「しかもコネリーさんは、ローガンのことも、僕のこと……ギルバートのことも知らなかったから、無駄足《むだあし》だったし」

先刻、商人ギルドの長を訪ねて、ローガンという男とギルバートについて何か知らないかと訊《き》いてみたが、なんの情報も得られなかった。それは予想できたことで、十七年前、たかだかひと月やふた月町に滞在《たいざい》していたよそ者と関《かか》わりのある人物を探す方が難しい。

ただギルドの長ということで、普通《ふつう》の町の人たちよりは顔が広い。それに期待したのだが、無駄だった。これから職人ギルドの長アダムスのもとへも行く予定だったが、結果は同じだろうと思われた。

「情報がなかったのは、おっさんのせいじゃないだろう。気にするなよ」

ミスリルに励《はげ》まされ、ギルバートは力ない笑顔《えがお》を見せる。

大通りを抜《ぬ》け、職人たちの集まる区画へ入る横道へと角を曲がるとき、シャルは背後をちらりと見た。それに気づいたらしいギルバートが、同じようにふり返って首をひねる。

「なにかあるのかい？　シャル。後ろに」

「コネリーのところに入るときと、出たとき。道の向こう側に妙《みょう》な男がいた」

「妙って？　どんな？」

ミスリルが周囲を見回す。

「商家の下働きのような身なりだったが、俺たちが建物に入るのをじっと見ていた。出たときも、まだいた。俺たちをつけて来たが……、今は姿が見えない。諦《あきら》めたのかもしれない」

「なんだ、それ？」

「さあな」

シャルの容姿は目立つので、見られるのには慣れている。ただ先刻の男の視線は、妖精《ようせい》を値《ね》踏《ぶ》みする種類とは違《ちが》った。

(いったいあの男は、何を見ていた?)

気にはなったが、相手の姿が消えたのでは仕方がない。職人ギルドの長に会って早々に駒鳥《こまどり》亭《てい》に戻《もど》る方が良いだろうと判断し、足を速めた。

「フラウ?」

駒鳥亭に戻ったアンは、自分の部屋に戻る前に、ギルバートとフラウ、ミスリルが使っている部屋の扉《とびら》をノックした。

鎮魂祭まであと七日。まだ作品の形は見えていないので、悠長《ゆうちょう》にかまえていられる時間はない。自分の部屋に早々に戻り、今日こそ砂糖菓子《がし》の形を決めなければならない。

だが今日、二部屋の記憶《きおく》を読むと言っていたフラウのことが気になった。

「フラウ?」

再度ノックして呼ぶが、返事はない。宿の主人に訊くと、シャルとミスリル、ギルバートもまだ戻っていないということだったので、部屋にはフラウしかいないはずだった。

しかし返事がないとなると、何処《どこ》かへ出て行ったのか。何気なく扉の取っ手に触れると、ノブが回った。鍵《かぎ》をかけずに外出したのかと不用心さに呆《あき》れたが、細く開いた扉の隙間《すきま》、床《ゆか》の上に、ちらりと金色の色彩が見えた。

「フラウ！」

慌《あわ》てて部屋に踏《ふ》み込むと、二つ並んだベッドの脚《あし》もと、床に倒《たお》れているフラウの姿があった。膝《ひざ》を胸にひきつけるように横向きに背を丸めて倒れており、金の髪《かみ》が床に広がっていた。背に一枚きりの薄《うす》い金色の羽も、力なく薄絹《うすぎぬ》のように床に流れている。

「フラウ！」

床に膝をついて覗《のぞ》きこんで肩を揺《ゆ》する。金の睫《まつげ》が震《ふる》え、目が開く。

「あ……アン？」

「良かった。とりあえず起き上がれる？」

問うと微《かす》かに頷き、腕《うで》に力を込めて上体を起こした。その脇《わき》の下に素早《すばや》く自分の肩を入れ、立たせようと足を踏ん張る。

「ベッドに行こう」

促《うなが》され、アンに支えられ、フラウは立ちあがった。妖精は人よりも軽いので、体を預けられてもなんとか持ちこたえてベッドへ導くことができた。毛布をめくってベッドに寝《ね》かせると、彼女の胸の辺りまで毛布をかける。

さすがにすこし息はあがっていたが、それを整え、フラウの顔を覗き込む。

「もしかして無茶したの？　フラウ。今日、二部屋分の記憶を読むって言ってたから……」

「ちょっと、疲《つか》れたの。大丈夫」

「大丈夫じゃないでしょう？　倒れてたんだから。待ってて。すぐに何か砂糖菓子を作って、もって来るから。それを食べたら元気になれるし。フラウは好きなものってある？　花とか、小鳥とか。好きなものの形の砂糖菓子だったら、妖精にとって、すごく力になるって聞いてるから」

フラウは、ぼんやりとアンを見やる。

「触《さわ》った？」

「え？」

「今、わたしのこと触った？」

問われて、頷《うなず》く。

「ベッドに移動させようと思って……ごめん。嫌だった？」

「わたしは嫌じゃない。あなたが、嫌じゃないの？」

「どうして？」

「あなたの夫が嫌がってる。ミスリルも、わたしに触《ふ》れるのを嫌がる」

それね、とアンは笑った。

「シャルは、わたしが頼《たよ》りないから心配してくれてるだけ。「ミスリル・リッド・ポッドはちょっと大げさなだけ。わたしは、フラウに触るのは嫌じゃないし、パパだって普通にフラウと接してるじゃない」

「怖《こわ》くないの？　わたしに何かされるかもって」

「だってフラウは何もしないって約束してくれたじゃない？　それに」

苦笑いした。

「わたし、読まれて困る記憶なんてないもの。あ……ちょっと恥《は》ずかしいなって思うことはあるけど。それでわたしが混乱しても、シャルが必ず宥《なだ》めてくれる。わたしが、シャルを宥められたくらいだから」

「あなたの目……」

「え？」

「あなたの目、ギルバートに似てる。あなたの中に、ギルバートがいるみたい」

唐突《とうとつ》に話題が変わるのに戸惑《とまど》いながら、アンは自分の瞼《まぶた》に触れてみる。

「そんなに似てるかな？」

それ以上フラウは何か言うつもりはないらしく、ただアンを見つめる。その瞳《ひとみ》から感情が読めず、アンは戸惑った。

(何が言いたいのかな？　フラウ。フラウの考えていることが、やっぱりよくわからない)

シャルやミスリルが彼女を警戒《けいかい》するのは、このせいなのだろう。

「ねぇ、フラウ。好きな形、教えてくれる？」

フラウは、疲れたように目を閉じた。

「好きなものなんてもうこの世にない。いいの、アン。かまわないでいいの、わたしのこと」

「こんなに疲れているあなたを目の前にして、かまうなっていう方が無理じゃない？」

フラウは応《こた》えない。アンは仕方ないと諦めた。

「わかった。じゃあ、勝手に作ってきちゃうね」

部屋を出ると、宿の主人にお願いして、箱形馬車を預けている納屋《なや》の戸を開けてもらった。そこから銀砂糖の小樽《しょうだる》一つと道具一式を部屋に運び込む。

能力を使って疲労《ひろう》しているだろう妖精を元気にするためだから、それほど大きな砂糖菓子は必要ないだろう。掌《てのひら》に載る大きさでいい。

(形は……)

フラウの金の髪と金の瞳は、ちょっとぞっとするようなときもあるが、輝《かがや》きそのものは美しい。事実彼女が微笑《ほほえ》んだとき、瞳はやわらかく美しく見えた。金色が印象的な、美しいものは何があるだろうか？　と考える。

(金貨、猫《ねこ》の目、王冠《おうかん》、日の光……)

ぱっと閃《ひらめ》く。

「光」

それは形のないものだ。

凝《こ》った形にする必要はないと、心を決めた。

(でも、できるはず)

(金の光が映《は》えるような、白い花)

宿の井戸《いど》を使わせてもらい、冷水をくんで部屋に戻った。テーブルの上に石板と道具を並べる。色粉の瓶《びん》を、緑の数種と黄の数種取り出し、置く。

樽から銀砂糖をくみあげ、石板の上に広げて冷水を混ぜ、練る。

白い花弁を作る。銀砂糖の白をそのままに、光沢《こうたく》のある純白の花びらを幾《いく》枚も作る。ガーベラの花弁のようにほっそりとした花弁を作り終わると、緑の色粉を数種銀砂糖に混ぜ、グラデーションにして、茎《くき》と萼《がく》、葉を切り出す。さらに緑に黄の色粉を混ぜ、細い粒《つぶ》を幾つも作る。それを集めて円形にして緑がかった黄の、花の中心を作る。そこに純白の花びらをぐるりとあしらい、花にする。茎をつけ、萼で花と茎を飾《かざ》り、葉をつける。

掌に載る白い花ができあがった。

それを石板の端《はし》に置くと、今度は小さな鍋《なべ》に少し銀砂糖と黄の色粉を入れ、練って、再び宿の主人の下《もと》へ走った。

料理人に頼《たの》み込んで、火が入っている竈《かまど》を少しの間貸してもらった。

小さな鍋を竈にかける。瞬《まばた》き十ほどの間に銀砂糖は溶《と》け、ぷつぷつと沸《わ》く。礼を言って急いで部屋に戻《もど》ると、鍋の中で溶けた銀砂糖を石板に広げた。

とろりとした小さな半透明《はんとうめい》の黄金色の広がりを見て、アンは微笑む。熱いそれを爪《つめ》の先で小さくとりわけ、指先でかろうじてつまめるほどの粒にした。

その小さな粒を、白い花の花弁に幾つも散らす。

「……できた」

できあがったそれを、アンは窓から射《さ》しこむ光にかざした。

銀に近い真っ白な花弁に、艶々《つやつや》した小さな露《つゆ》が散っている。その露は光を集めて輝く。花びらの光沢が透《す》け、黄みがかっているはずの露の色は、柔《やわ》らかな金になる。

金の露が散って、純白の花びらは一層際立《きわだ》つ。

「よし」

出来映えに自信があった。金の光はフラウの髪の色よりも若干《じゃっかん》黄の色味が強いが、瞳の色には近い気がする。彼女に相応《ふさわ》しい花だと思えた。

「フラウ！」

ノックをして、部屋に入ると、けだるげな金の瞳に迎《むか》えられた。

「砂糖菓子《がし》を作ったの。これ、食べて」

ベッドの傍《かたわ》らに跪《ひざまず》き、差し出すと、フラウは目を見開く。

「ね、食べて」

わずかにフラウの顔に感情らしきものが見えた。戸惑いと、すこしの喜び。妖精《ようせい》ならば必ずあるはずの、砂糖菓子に対する欲求《よっきゅう》。そんなものかもしれない。

しかし、目をそらす。

(え？　どうして)

欲しいものを諦《あきら》めるために必死にそっぽを向いたように見えた。

(我慢《がまん》している？　なんで？)

ベッドの反対側に回り込み、跪き、顔を覗《のぞ》き込むと、その気配にフラウがびっくりしたように目を開き、目が合った。

「食べてほしい。フラウのために作ったんだもの」

フラウは暫《しばら》く、アンの瞳を見ていた。

「ね」

金の瞳が揺《ゆ》れる。良いのかと問いたげな光がある。

「あなたのための砂糖菓子なの。食べてくれたら、嬉《うれ》しい」

すると、おずおずと毛布から手が伸《の》び——、アンの目の下にフラウの指先が触れた。アン自身ではなく、瞳そのものに問いかけるような不思議な仕草だった。

アンは微笑む。

「食べて、フラウ」

何かに導かれるように、フラウの手はアンの顔から離《はな》れ、砂糖菓子の花びらに触れた。手の中から、砂糖菓子の重みが消えていくのと同時に、白い花が淡《あわ》い金の光に包まれる。

目を半ば閉じ、フラウはほうっと息をつく。

アンの手から砂糖菓子が消え、フラウの白い頰《ほお》に、うっすらと赤みがさす。

「……甘いって……こんな感じ……」

うっとりと、フラウは呟《つぶや》く。

「はじめて？　砂糖菓子は」

頷《うなず》くと、フラウはベッドの上でゆっくり上体を起こした。自分の膝《ひざ》にかかった毛布に視線を落とし、細い声で言う。

「……ありがとう」

「顔色が随分《ずいぶん》良くなった。安心した。でも夕飯までは横になってた方が良いかも。ベッドからは出ないようにね」

アンはほっとして、フラウに横になってもらおうと枕《まくら》の位置をなおし、肩《かた》に手をかけた。するとフラウが、アンの手に目をやる。

「また、触《さわ》った」

「言ったでしょ。怖《こわ》くないし、嫌《いや》じゃないって。それともやっぱり、フラウが嫌？」

首を横に振《ふ》り、フラウは横たわる。

「ずっと、わたしに触《ふ》れるのは……ギルバートだけだった」

「え？」

「キャリントンでは、わたしに触れるのはギルバートだけだった。わたし、人の記憶《きおく》を読むから気味悪がられて。能力もたいして役に立たないし、あつかいが難しいって……妖精市場で全く買い手がつかなくて。でもギルバートが買ってくれた」

買ったという言葉に、どきりとした。

「パパが？　フラウを買った？」

「使役《しえき》するために買ったんじゃなくて、ひどいあつかいをされているわたしを可哀相《かわいそう》に思って、買ってくれただけ。それで、羽を返してくれたの。どこかで自由に暮らしたら良いって」

はじめて聞かされる話に、アンはどぎまぎして、フラウの金の瞳を見つめ続けた。

「でも、主人のいない妖精なんて、またすぐ捕《つか》まってしまうだけだから。わたし、ギルバートと一緒《いっしょ》にいたいってお願いしたの。そしたら、良いよって言ってくれたの。その時まだギルバートは十七歳で、お金もあんまりもってない、馬車職人見習いだったけど……良いよって」

「それで十年、一緒に暮らしたの？」

無言でフラウは頷く。

（それって、とても強い絆《きずな》）

助けて、助けられ。それから一緒に十年を過ごした人と妖精。

「じゃあ、どうしてフラウはパパと離ればなれになっちゃったの？」

様々な事情があり、安易に立ち入ってはならないことなのかもしれないが――今、フラウの方から話をしてくれているのだ。ここで問わなければ、もう彼女は話してくれない気がした。

「ギルバートが、キャリントンにやってきた銀砂糖師に恋《こい》をしたから」

フラウの声が震《ふる》えた。

「ギルバートはエマと結婚《けっこん》して、彼女と一緒に王国を旅したいって。エマのために作った馬車に一緒に乗って行くんだって。だから、わたしはキャリントンに残って……」

「どうして一緒に行かなかったの!?」

思わずアンは、ベッドに手をついて身をのりだす。

「十年も一緒にいた大切な友だちなら、一緒に行けば良かった。パパは嫌だって言わないはずだし、きっと、ママだって。わたしのママだったら、絶対に嫌って言わない」

「ギルバートは、一緒に行こうって言ってくれた。エマもわたしに、砂糖菓子を贈《おく》ってくれた。一緒に行こうって、エマはプロポーズみたいに花束の砂糖菓子をくれた」

夫となった人の大切な友だちの妖精に、エマだったら冗談《じょうだん》めかして跪き、砂糖菓子の花束を贈っても不思議ではない。

──一緒に、旅に出てくれない？

と。砂糖菓子を差し出し、言葉は軽く朗らかでも、目は真剣《しんけん》で、真摯《しんし》に相手に請《こ》う。

そんな風にエマは、フラウに申し出たのだ。

「じゃあ、どうして一緒に行かなかったの？」

「行きたくなかった」

「なんで」

恥《は》じるように、フラウは毛布を頭まで引き上げた。

「ごめんなさい。わたし、エマの砂糖菓子は……食べなかった。川に……捨てた……」

「砂糖菓子を捨てた？」

絶句してしまった。

「……ごめんなさい」

驚《おどろ》くのと同時に、やはりという思いがアンの中に浮《う》かぶ。

（砂糖菓子を捨てた。ママの砂糖菓子を？　妖精が大好きな砂糖菓子を？　銀砂糖の甘い香《かお》りは抗《あらが》いがたいって、シャルでさえ言う砂糖菓子を捨てた）

フラウは先刻、はじめて砂糖菓子を食べたと言っていた。

エマの砂糖菓子を手渡《てわた》されたとき、フラウは砂糖菓子を食べたことがなかったはず。初めて食べる機会を得たそれを、捨てたのだ。

本能にすら逆らうほどの、強い意志で。

(それほどママの砂糖菓子を食べたくなかった)

その意味。

(パパは、フラウのことを友だちと思ってた。けどフラウは——パパのことを愛していたから。だから他《ほか》の人を愛したパパと、別れた)

大切な人と別れなければならなかったのは、お互《たが》いの「好き」の意味がずれてしまっていたから。それがフラウとギルバートが離れた理由。

もしシャルが、と想像する。

誰か他の人を愛して、それでもアンのことは家族のように友だちのように愛しているから、一緒にいようと言われても、きっとアンも頷けない。哀《かな》しくて、一緒にいることなどできないだろう。

アンはフラウを脅《おど》かさないように、ベッドに腰掛《こしか》ける。

「十年も一緒にいたのに、フラウはパパに、好きだって伝えたことなかったの?」

毛布の下でフラウは頷く。

「どうして言わなかったの?」

「ずっと……一緒にいられると思ってたから。わたしの好きなんて、ギルバートに知ってもらう必要なんかない……って」

「そっか。そんなものかも」

もしもを考えても仕方ないが、それでも思ってしまう。

もしフラウがギルバートと過ごしてきた十年の間に、彼への愛を口にしていたら、未来は変わっていたのかもしれない。ギルバートはフラウの愛を受け入れ、今のアンとシャルのように、慈《いつく》しみあいながら生きていたかもしれない。流れ者の銀砂糖師の女性が現れても揺《ゆ》るがないほどの強い絆で結ばれ――。

(そうなっていたら、わたしはこの世にいない)

それでもフラウは、ギルバートに愛を告げるべきだったのではないかと思ってしまう。ただ、自分がこの世に生まれないのは困る。エマの幸福が失われるのも、切ない。

それぞれの思いがあり、それがちょっとしたタイミングですれ違《ちが》ったり、出会ったり、結ばれたり。そして運命が変わる。

運命は、ままならない。

「フラウは、パパがママと一緒に旅に出た後、キャリントンでずっと一人だったの?」

毛布の下で首を横に振る。

「何年かして旅に出た。ギルバートが恋しくて……会いたくて。彼を捜《さが》そうと思って。でも、なかなか見つからなくて。ようやく……」

一人で十数年も彷徨《さまよ》い続けた結果、フラウは遭遇《そうぐう》したセラの楽園でギルバートと再会できたのだろう。しかし彼は記憶を失っている。

やっと会えた人が、自分のことを覚えていないのはどれほど空《むな》しく哀しかっただろうか。

(フラウは取り戻《もど》したかったのかな)

愛を告げずに別れ、一人になり、それでもやはり恋しくて、ギルバートを取り戻したかったのかもしれない。失敗してしまったことを、やりなおしたかったのかもしれない。

毛布の上にすこしはみ出しているフラウの髪《かみ》を、アンは撫《な》でた。びっくりしたように、フラウが毛布から顔を出す。

「ママの砂糖菓子《がし》は食べなかったけど、わたしの砂糖菓子は食べてくれたね。ありがとう」

「怒《おこ》らないの？　あなたの母親の砂糖菓子を捨てたのに」

「怒らないわ。ママだって、あなたが食べなかったって聞いたらがっかりはするけど、怒らない。プレゼントが気に入ってもらえなかったからって、怒らない。気に入らないって言われるのが嫌なら、あげなきゃ良いんだもの。気に入ってもらえるかどうかはわからないけど、あげたいからあげるんだもの」

フラウは、またゆっくりと毛布のなかへもぐる。

「わたし、パパとフラウが離《はな》ればなれになった理由を知りたいと思ってたから、話してくれて嬉《うれ》しかった。ありがとう。あとはコッセルで十七年前、パパたちに何があったかがわかれば、全部すっきりする」

「……わたしも、知りたい……」

「だから無茶をしてくれたんだものね。今日は、何かわかった？」

半ば期待せずに訊《き》いたのだが、「わかった」と、フラウが小さく応じた。

「えっ⁉」

アンは、仰天《ぎょうてん》して目を瞬《まばた》く。

「何がわかったの？」

「二階の一番端《はし》の部屋に、あのギルバートは泊《と》まってた。一人よ」

どことなく、その言葉にアンは違和感《いわかん》を覚えた。しかしそれにかまけるよりも先に、色々と訊きたいことがある。

「何か見えた？」

「一人で、出たり入ったり。それだけ」

「わたしや、ママの姿は？　パパに変わった様子は？」

「部屋に出入りしていたのは、あのギルバートだけ。変わった様子も見えなかった」

また違和感があった。内心首を傾《かし》げたが、わからない。それよりも大きな手がかりになると思っていた部屋の記憶《きおく》が、たいして役に立たなかった事実に、落胆《らくたん》した。

「フラウがすごく頑張《がんば》ってくれたのに、部屋の記憶にも手がかりはないのね」

「一つだけわかった――」

毛布の下で、小さくくぐもった声がしたが、アンにははっきりと聞き取れなかった。

「え、なんて？」

「……なんでもない。ただ、わたし、十七年前ここに泊まっていたあのギルバート・ハルフォードの顔だけは、はっきり見た」

「これでシャルたちが情報を得られなかったら、もう十七年前にわたしたち家族に何があったか知るのなんて、無理よねぇ」

ギルバートが一人、家族と離れ十日間も宿に滞在《たいざい》した謎《なぞ》。

ローガンという男が、ギルバートは死んだと証言した謎。

エマがギルバートを死んだと確信していた謎。

そして――それでもギルバートと思われる男が、現実に生きている謎。

わからないことが全《すべ》て、わからないままになるのかもしれない。

(わからないままに、わたしは仕事に集中して、砂糖菓子を作ればいいのかもしれない)

そうは思う。

だが自分の中にぼんやりと不確かなものが居座り、それが作るべき砂糖菓子の形を覆《おお》い隠《かく》している感じがある。十七年前の戦禍《せんか》の鎮魂《ちんこん》のために作る砂糖菓子は、そこにアンにとっての謎を内包しているからだろう。だから自分の中で形が定まらない。

(わたしは、コッセルの人たちが納得《なっとく》してくれるような砂糖菓子を作れるの？)

いい加減なものは作れないし、作ってはならない。ハリディの言葉を聞き瞳《ひとみ》を見て、それを強く感じたのだ。

階下で、ふいに宿の主人の大声が聞こえた。

「何度言われても――――！」

語尾《ごび》ははっきり聞き取れなかったが、誰《だれ》かと言い争っているらしく、宿の主人とは別の大きな怒鳴《どな》り声がした。

「出せと言ってるんだよ！」

はっとして、アンは立ちあがった。

「なに？　なんの騒《さわ》ぎかな？」

フラウは毛布をずらして、目を出して、不安げに部屋の扉《とびら》を見やる。

扉を開いて廊下《ろうか》を覗《のぞ》くと、階段をあがって、二階へと早足で逃《に》げてきた宿泊《しゅくはく》客らしい中年女と目が合った。彼女はアンを見ると、声をひそめて大げさに手を振《ふ》った。

「あんた、部屋に入って鍵《かぎ》をかけてな。変に巻き込まれちゃ、損だよ」

「何があったんですか？」

「町のごろつきが来てるんだよ。この宿に泊まってる娘《むすめ》を出せって騒いでんだ。その娘が銀砂糖師だかなんだかで、金をもってるだろうからとか」

ぎょっとした。

「銀砂糖師？」

「そんな娘が、泊まってるんだろう？　宿の主人は宿泊客の情報はあかせないと突《つ》っぱねてるが、あの勢いじゃ、主人を殴《なぐ》り倒《たお》して二階の部屋を全部開けてまわりそうだよ」

女が自分の部屋に入っていく。

「なんで、わたしを？」

ベッドの方をふり返ると、フラウが、怯《おび》えた目で階下の声に耳を澄《す》ましている。

ごろつきがアンを捜してやってくるような、そんな心当たりはない。このまま部屋に隠れていることもできる。だが宿の主人は今、アンのために体をはってくれているようなのだ。

部屋の奥にある窓に目をやり、外の町の様子を確かめた。

（まだ昼間だ。人通りも多くて、人目もある。いきり立ってるごろつきだって、いきなりわたしを誘拐《ゆうかい》なんてできないだろうし）

怒鳴られ、脅《おど》され、二、三発、殴られたりはするかもしれないが――無関係な宿の主人が殴られるよりは、いい。

「フラウ。わたしは下に行って様子を探《さぐ》ってみる。あなたは部屋に鍵をかけて、出てこないで」

言い置くと部屋を出て階下へ向かった。

階段半ばで足を止め、食堂から聞こえる声を聞こうとした。状況《じょうきょう》がアンの想像よりまずそうであれば、二階の部屋にとって返し、鍵をかけて立てこもる必要があるかもしれない。

するとすぐに、酒で焼けて擦《かす》れた男の声がした。

「だからギルバート・ハルフォードの娘を出せって言ってんだ！」

（ギルバート・ハルフォードの娘？）

二階の廊下で会った女も確かに、「娘を出せって騒いでいる」と口にしていた。それは単純に若い女性をあらわす言葉だと思っていたが、ギルバートの娘という意味だったらしい。

ごろつきは、銀砂糖師のアンを捜《さが》しているのではなく、ギルバートの娘としてのアンを捜しているらしい。なぜかはわからないが、ただ一つ言えることがある。

（この声の主は、ギルバート・ハルフォードを知ってるからこそ、娘のわたしを捜してる）

シャルと一緒《いっしょ》に出かけて半日しか経《た》っていないギルバートが、何らかの厄介《やっかい》事に巻き込まれたとは思えない。何かがあれば、シャルかミスリルが、すぐにアンに知らせてくれるはずだ。

ということは、男は十七年前のギルバートを知っており、彼の姿を町中で見かけ、押しかけてきた可能性が高い。

だとすると——途切《とぎ》れたと思っていた手がかりが、現れたのかもしれない。

「何度も申しあげましたが、どなたが宿泊しているのか、お教えできません」

主人の突っぱねる声。そしてそれに被《かぶ》せる、だみ声。

「知っているんだよ、こっちは。ギルバート・ハルフォードがここに宿泊してんのも、娘が銀砂糖師だってのもな。商人ギルドに出入りしてる奴《やつ》が、確認《かくにん》してきたんだ」

意を決し、階段を駆《か》け下り、食堂へ飛び込む。

「ギルバート・ハルフォードの娘は、わたしです」

目を丸くして、宿の主人がふり返る。

「あなたなぜ、出てきて……」

「いいんです。ありがとうございます、ご主人。ご迷惑《めいわく》をおかけしました。この人がわたしを訪ねてきたのなら、わたしが応対するのが筋です」

宿の主人に詰《つ》め寄っているのは、背の高い痩《や》せた中年男だった。そげた頬《ほお》に火傷《やけど》のひきつれた痕《あと》があり、目つきが鋭《するど》い。男は、宿の主人の肩越《かたご》しにアンを見やると、にやりとした。

「おう、出てきたか」

「わたしに御用《ごよう》ですか？」

「御用じゃなきゃ、来やしねぇだろう」

「じゃあ、うかがいます」

態度や言葉は乱暴で、恐《おそ》ろしかった。ただ見る限り刃物《はもの》を隠し持てるような身なりでもないし、仲間をぞろぞろと引き連れているわけでもない。

アンは腹に力を込めた。

「ご主人。そちらのテーブルを借りてもかまいませんか？」

「あ、ああ。それは良いけれど」

「お許しを頂けたので、どうぞ。そちらのテーブルにかけてください。御用件《ごようけん》をうかがいます」

促《うなが》すと、ごろつきは鼻を鳴らして主人を一瞥《いちべつ》し、窓辺のテーブルに着いた。アンもその正面に座る。

（怖《こわ》い……シャル）

男は斜《はす》に構えて座り、半笑いでアンを見ている。その目つきが厭《いと》わしいし、挙措《きょそ》に荒事《あらごと》になれた者特有の気配があり、体が強《こわ》ばる。こんな時にシャルが側《そば》にいないのが、心細い。しかしもめ事を一人で切り抜《ぬ》ける力がなければ、シャルに負担ばかりかけることになる。

一つ深く、息を吐《は》く。

（大丈夫。わたしを知らないような目をしたシャルと向かい合ったときほど、怖くない）

フラウの能力で混乱したシャルと向き合ったときのことを、思い出す。剣《けん》の一振《ひとふ》りでアンの首など簡単に刎《は》ねてしまう戦士妖精《ようせい》と比べれば、目の前の男など可愛《かわい》いものだ。

（わたしはシャルの妻だもの。こんな人を怖がってるなんて、おかしい）

まだほんの少し怖かったが、できるだけ真っ直《す》ぐ男の目を見た。

「どちら様ですか？　わたしに、なんの御用でしょうか？」

落ち着いた態度が意外だったのか、男は、小馬鹿《こばか》にするような値踏《ねぶ》みするような、いやな笑いを消した。

「俺のことは、ジョンとでも呼んでくれよ。町のもめ事を引き受けてる、何でも屋だと思ってくれ。今日は、貸し馬車屋のヘインズって人に頼《たの》まれて来た」

「何を頼まれたんですか？」

「取り立てさ」

アンは眉《まゆ》をひそめた。

「取り立て？」

「ヘインズは、あんたの父親のやったことを償《つぐな》ってもらいてぇってよ。あんたの親父《おやじ》のために出た損失を、取り立ててほしいってな。あんた、ギルバートの娘だろう？　しかも聞いたぜ、銀砂糖師だろう？　一流の職人なら、そこそこ金を持ってるんじゃねぇのか」

世間的に銀砂糖師は、砂糖菓子《がし》職人の頂点なのだから懐《ふところ》が温かいと思われがちなのかもしれない。実際、裕福《ゆうふく》な者が多い。しかし残念なことに、アンは懐の寂《さび》しい少数派の一人だ。

「わたしは、それほどお金持ちじゃありません。そもそも取り立て？　損失？　償い？　父が何をしたって言うんですか？　父は三日前に、わたしと一緒にコッセルに到着《とうちゃく》したばかりで、わたしや連れと別行動もしてません。償いが必要なことをする暇《ひま》なんてありませんでしたが」

「今のことじゃねぇ。十七年前のことだ」

（やっぱり、十七年前のこと）

想像通りだと、アンは緊張《きんちょう》とともに喜びも覚えた。これは過去への手がかりだ。

しかしその喜びも、次の男の言葉で驚愕《きょうがく》に変わった。

「ヘインズの貸し馬車屋の馬を、あんたの親父は騙《だま》しとったんだよ。その償いをしてもらう」

衝撃《しょうげき》に、一瞬《いっしゅん》頭が真っ白になった。

(十七年前に、馬を騙しとった⁉)

駒鳥亭《こまどりてい》の宿代を踏《ふ》み倒した可能性もあり、そして今度は貸し馬車屋の馬を――。

(パパはいったい、十七年前に何をしていたの？　どうしてそんなことを、次々と)

テーブルに肘《ひじ》をかけ、男はすごむように下からアンを睨《ね》めつける。

「今朝、ヘインズの貸し馬車屋で小僧《こぞう》の時から働いている男が、あんたの父親を町中で見かけたらしくてねぇ。まさか、十七年ぶりにのこのこ帰ってきたかと、その小僧はあんたの父親の跡《あと》をつけたみたいだぜ。商人ギルドのコネリーさんを訪ねて行っていたらしいな？　コネリーさんのとこに出入りしている女に確認したら、間違《まちが》いなく、ギルバート・ハルフォードと名乗っていたというじゃねぇか。もう、これは奴に間違いねぇと、小僧はヘインズの貸し馬車屋に飛んで帰って、主《あるじ》にご注進さ」

強ばった表情でアンが黙《だま》って聞いている様子を、遠くで宿の主人が心配そうに見守っている。何かがあれば仲裁《ちゅうさい》に入るつもりなのか、後ろ手に、小さなフライパンを握《にぎ》っているのが見えた。

「あんたの父親が馬を騙しとったのは、コッセルが灰になった数日後だ。あのとき大勢の人が、馬を必要としていた。馬は、ほとんどが逃《に》げたり死んだりしたから、貴重だったんだよ。それを盗《ぬす》まれた貸し馬車屋は怒《いか》り心頭でな、ずっと許せなかったらしいぜ」

落ち着けと、アンは自分に言い聞かせた。こんな時は焦《あせ》っては駄目《だめ》だ。まずは、確かめるべきことを確かめなければならない。ひと呼吸置き、問う。

「わたしの父が馬を騙しとった、証拠《しょうこ》はあるんですか？」

「当時のヘインズの貸し馬車屋の主人は今も元気に商売してるぜ。年を食っても、あんな混乱期に、火事場泥棒《かじばどろぼう》みてぇな真似《まね》されたことは、はっきり覚えている。しかも、物的証拠ってやつもある」

「物的証拠？」

男はもったいぶった態度で、胸ポケットを叩《たた》く。

「ここに、指輪がある。あんたの親父は、コッセルが焼けた翌日に、貸し馬車屋に馬を借りに来た。その日のうちに返す予定になっていたが、戻《もど》しに来ねぇ。数日経《た》って、ギルバートを焼けた町中で見かけたヘインズが詰め寄ったら、馬は逃げちまったと抜かしたそうだぜ。そして馬の代金にと、純銀の指輪だといって指輪を差し出した。ヘインズも人が好《よ》くてねぇ、それを信じちまったらしいが、指輪は純銀じゃなくて錫《すず》と鉛《なまり》を混ぜた指輪だったとよ。馬一頭の値段にゃぜんぜん足りねぇ。気がついても後の祭り。あんたの親父は、町から消えてた」

言いながら男は胸ポケットを探《さぐ》り、幅広《はばひろ》の無骨な指輪をテーブルに置く。くすんだ銀色のそれは男ものらしくサイズは大きく、紋章《もんしょう》が刻まれていた。

紋章には見覚えがあり、アンは目を見開く。

「これ……チェンバー家の紋章」

男の目が鋭く光る。

「若いのに、なぜ知ってる？　十七年前にミルズランド王家が徹底的《てってい》に消し去ったはずなんだがな。あんたくらい若い奴が、知ってて良い紋章じゃねぇぞ」

「仕事上、知る機会がありました。これはチェンバー家に縁《ゆかり》の品なんですか？」

「錫と鉛の指輪が、そんなたいそうなもののはずねぇだろう」

男がせせら笑う。

「チェンバー家軍の兵士で、ちょっと武功をあげた奴に、おざなりに渡《わた》される褒美《ほうび》だ。たいした価値もねぇ。下っ端《ぱ》兵士が、時々もってた指輪だ」

（チェンバー家軍の下っ端兵士……？）

指輪と、コッセルまで一緒《いっしょ》に旅してきたギルバートの顔が重なり、その瞬間に思わず椅子《いす》から立ちあがっていた。

「兵士の指輪!?」

突然《とつぜん》のことに、目の前の男がぎょっとした顔をした。

「なんだ？　どうした、あんた」

アンは呆然《ぼうぜん》とした。

（そういうことだったの？）

今まで謎《なぞ》だと思っていたことが、半分以上あきらかになったとアンには思えた。

「だから……え……？　でも、どうして……？」

力が抜け、椅子に再び腰《こし》をおろした。

（フラウは、見たって。あ……でも……）

先ほどフラウと会話していたときに覚えた、違和感《いわかん》。その正体が見えた。

（フラウは部屋の記憶《きおく》で見たギルバートのことを、『あのギルバート』って言ってた。『あの』って……まるで区別するみたいに）

目の前の男は眉をひそめ訝《いぶか》しげな顔をしていたが、それに反応する余裕《よゆう》はなかった。知り得た事実から浮《う》かび上がった様々な可能性を整理するため、頭を必死に働かせていると、頬《ほお》を涼《すず》しい風が撫《な》でる。

「ああ、やっと！　おかえりなさい！　待ってましたよ、あなたたちが帰ってきてくれるの」

縋《すが》るような宿屋の主人の声が聞こえた。見れば、食堂の出入り口に背の高い、黒髪《くろかみ》黒い瞳《ひとみ》の妖精《ようせい》の姿がある。その肩《かた》には、青い瞳の小さな妖精。後ろにはギルバート。

（あの人は……彼は……フラウが言った『あの』ギルバート）

泣きたいような気分になった。

「……シャル」

呼んだ声が震《ふる》える。

宿屋の主人の目配せと、アンと対峙《たいじ》する男の風体《ふうてい》と場の雰囲気《ふんいき》、そしてアンの表情を見た途端《とたん》、シャルは早足にテーブルに近づいてきた。喧嘩慣《けんかな》れしているのか、男はシャルに油断ならないものを感じ取ったらしく、腰を浮かせて身構える。

「なんだよ、てめぇは」

「彼女の夫だ。彼女に何をした」

返答次第《しだい》では容赦《ようしゃ》しないと言いたげな鋭《するど》い眼差《まなざ》しに、男の腰は引きぎみになったが、それでも強気に応じた。

「俺は頼まれて取り立てに来ただけだ。この銀砂糖師の親父が、十七年前に騙しとった馬の代金を取り立てにな」

本当かと問うように目配せされ、アンは頷《うなず》き立ちあがり、シャルの腕《うで》に触《ふ》れる。

「本当よ。別に、酷《ひど》い真似されたわけじゃない」

「じゃあ、なんでそんな顔をしているんだよ、アン」

シャルからアンの肩に飛び移ったミスリルが、正面の男を睨めつけた。

「それは、指輪が……」

「指輪？　この指輪がなんか大切なのか？」

どう説明すれば良いか咄嗟《とっさ》に整理がつかず、口ごもる。そして、出入り口でぽかんとして突《つ》っ立っている、優《やさ》しく気弱そうなギルバートの方を見た。

シャルはアンの視線を追い、アンの表情を見て、眉《まゆ》をひそめた。

「何があった、アン」

どこから、何を説明するべきか。戸惑《とまど》いつつも、口を開こうとしたそのとき、食堂の奥にある階段に、金の色彩《しきさい》がふわりと現れた。目の端《はし》にひっかかったその色に視線を向け、説明しようとしていた言葉がアンの喉《のど》の奥に貼《は》りつく。

「……フラウ」

金の瞳と金の髪の妖精は、いったん立ち止まって食堂の様子をざっと眺《なが》める。それから落ち着いた足取りで再び歩み出し、背にある一枚の羽をなびかせながら、こちらに近づいてきた。

触れられないようにと庇《かば》ったのか、シャルがテーブルから距離《きょり》を取りアンを引き寄せ、フラウを避《よ》ける。

フラウはテーブルに近づいてくると、アンとシャル、ミスリルに視線を向けた。それから、何が何だかわからないと言いたげな困惑《こんわく》顔の男と、テーブルの上の指輪を見比べた。

「フラウ」

シャルの腕の中からアンは呼んだが、彼女はこちらを見なかった。その代わり、目の前の男に訊《き》く。

「階段の上で聞いてた。これが、十七年前にギルバート・ハルフォードが置いていった指輪？」

「それがどうした」

フラウは何かに納得《なっとく》したように小さく頷き、目の前の男の肩に手を伸《の》ばす。

アンは、はっとして叫《さけ》んだ。

「フラウ!」

叫んだのと、フラウの手が男に触れるのは同時で、そして瞬《まばた》きひとつの間もなく、突然男が頭を抱《かか》えて叫んだ。男は次には天井《てんじょう》に向かって吠《ほ》えるように声をあげ、弾《はじ》かれたようにテーブルの上に飛び乗った。

ミスリルがひゃっと声をあげてアンの肩にしがみつき、シャルはアンを抱え、壁際《かべぎわ》へと飛び退《の》く。

「兵士が来た――っ!! 火だ!」

テーブルの上で叫ぶ男の足もとから、フラウが指輪を素早《すばや》く取りあげ、駆《か》け出す。

「指輪がとられた! フラウに!」

アンの声に反応し、ミスリルが顔をあげた。

「えっ!? フラウ!?」

なびく金の髪を見たミスリルは、きっと表情を引き締《し》めたかと思うと、アンの肩を蹴《け》った。

ミスリルは宙に弧《こ》を描《えが》いて、フラウの身につけている上衣《うわぎ》のポケットに転がり込む。

「ミスリル・リッド・ポッド!」

焦《あせ》ってアンは、フラウを追おうと、シャルの腕の中でもがく。

しかし男がテーブルから飛び降り、こちらに摑《つか》みかかろうとした。男を避けるため、シャルはアンを突き飛ばす。アンは思いきり床《ゆか》に放《ほう》り出され、強《したた》か腰を打つ。

シャルは男に足払《あしばら》いをかけて倒《たお》し、腕を背中にねじりあげ、うつ伏《ぶ》せに押さえ込む。

「フラウ⁉」

見れば、食堂の出入り口でギルバートがフラウに突き飛ばされ、尻餅《しりもち》をついていた。金の色彩の妖精は、そのまま宿の外へ飛び出す。

「火だ！　火が！」

シャルに押さえ込まれた男が叫んでいる。混乱しているのは、あきらかにフラウの能力のせいだ。十七年前の戦禍《せんか》の記憶でも蘇《よみがえ》ったのか、激しく手足を動かして暴れる。

アンは、壁に手をつきながら立ちあがる。シャルがふり返り、問う。

「乱暴をした。怪我《けが》はないか？」

「平気。でも、ミスリル・リッド・ポッドが……フラウが……っ！　追わなきゃ」

踏《ふ》み出しかけたが、

「行くな！」

鋭くシャルに制止され、足が止まった。

「追って、フラウに触れられるとまずい！」

「でも、ミスリル・リッド・ポッドが」

「俺が追う。この男がおとなしくなったら、追う。だから、おまえは行くな」

出入り口をふり返り、アンは唇《くちびる》を噛《か》む。

(わたしがフラウに触れられて、もっとまずい状況《じょうきょう》になったら)

それを考えると、シャルが言うとおりに安易に追ってはならない。

(でも、でも。ミスリル・リッド・ポッドが!)

駆け出したいのに、動けない。悔《くや》しくて、情けない。

シャルは暴れる男を押さえ込みながら、呻《うめ》く。

「何がどうなっている、これは」

食堂の出入り口には、ギルバートがへたり込んでいる。

カウンターの近くには、フライパンを握《にぎ》りしめた宿の主人が、呆然と立ちつくしている。嵐《あらし》が去った後のように、誰《だれ》も動けないその場に、男の悲鳴だけが太く響《ひび》く。

「兵士が来た!　来た!」

五章　目的の場所

フラウの能力によって混乱した男は、暫《しばら》くシャルに食堂の床に押さえ込まれていたが、夕陽《ゆうひ》が沈《しず》んでかなりの時間が経《た》ってから正気に戻《もど》った。

記憶《きおく》をかき回されて混乱するのは恐《おそ》ろしい体験だったらしく、すっかりおとなしく気弱になっており、ヘインズの貸し馬車屋には取り立ては無理だと伝えると言って、背を丸めて足早に駒《こま》鳥亭《どりてい》を出て行った。

アンが宿の主人に騒《さわ》ぎを起こしたことを謝罪し、シャルとギルバートをともなって部屋に戻った時には、既《すで》に日付が変わっていた。

運び込んだ小さな銀砂糖の樽《たる》、テーブルの上の石板、並べられた色粉やへら等の道具類は、昼間フラウのために砂糖菓子《がし》を作ったときのままになっている。それらを整頓《せいとん》しつつ、アンは焦り混乱しそうな自分の思考を整理しようと努めた。

ヘインズの貸し馬車屋の代理で来た男が、どんな用件で、どんな意味のあるものを持ってきたのか。それらをシャルやギルバートに伝える暇《ひま》がなく、既にこの時間になっていた。

食欲《しょくよく》はなかったので、夕飯を食べ損《そこ》ねたのも気にならなかった。シャルとギルバートも同様のようだった。窓辺に蠟燭《ろうそく》の灯《あか》りをともすと、アンはベッドに腰《こし》を下ろして息をつく。

シャルは窓辺に立ち、ギルバートは部屋の隅《すみ》にある丸椅子《いす》に、肩《かた》をすぼめて座っていた。

沈黙《ちんもく》が重かった。

それを破ったのはギルバートだった。

「フラウと、ミスリル・リッド・ポッドを捜《さが》さないと。もう、こんなに遅《おそ》くなって」

顔をあげたギルバートは、窓の方へ心配そうな視線を向ける。シャルが応じた。

「すぐに追えれば良かったが、今更《いまさら》だ。どこへ行ったか見当がつかない。捜すなら明るくなってからだ。フラウは目立つ。町の連中が彼女らしき妖精《ようせい》を目にしているだろう。それらの証言を総合すれば、向かった方角がわかる」

「シャルの言うとおり。そうするのが、良いよね……」

ミスリルのことが気がかりだったが、シャルの判断は正しい。

（ミスリル・リッド・ポッド。あの咄嗟の時に、わたしのために行ってくれたんだ）

フラウが指輪を持ち去る直前、ミスリルはアンに、あの指輪が大切なのかと訊いていた。アンが返事をする前に騒ぎになってしまったが、ミスリルは、アンにとって指輪が大切なものだと思ったのだろう。だからフラウに奪《うば》われたあのとき、咄嗟に彼女を追ってくれた。

（あれほど、フラウに触《さわ》るのを怖《こわ》がってたのに。ミスリル・リッド・ポッド）

友だちの小妖精の勇気。それを考えると涙《なみだ》がにじみそうだった。

「それで？　なぜあんなことになった、アン？　おまえには理由がわかっているのか」

頷《うなず》くと、「話せ」と促《うなが》された。言葉は短いが、励《はげ》ますような響きがある。

シャルに視線をやり、次にギルバートを見つめた。

（話さなきゃ）

決意を固め、口を開く。

「パパ」

静かに、真剣《しんけん》に、呼ぶ。「パパ」と呼んだ瞬間《しゅんかん》、ぎゅっと胸が痛くなった。そして自分は、父親というものに無意識に微《かす》かな憧《あこが》れを抱《いだ》き、パパと呼べる誰かがいるのが嬉《うれ》しかったのだろうと、自分でも知らなかった自分の心を理解した。

「なんだい？」

「パパって、もう、あなたのこと呼べない。あなたはわたしのパパじゃない。ギルバート・ハルフォードとは別人だから」

知り得た事実を口にすると、ギルバート——、いや、ギルバートだと思われていた男は、不思議そうな顔をする。

「そう……なの？」

「うん」

「確かに、そうなのかい？」

「確かに、あなたは、わたしのパパじゃない」

「じゃあ、僕はいったい」

蠟燭の炎《ほのお》が窓の隙間風《すきまかぜ》に揺《ゆ》れ、壁に映る三人の影《かげ》も揺れた。

「あなたの本当の名は、ローガン。ローガン・エバンズ。チェンバー家軍の脱走兵《だっそうへい》で、わたしたち一家と同じ場所に一時期野宿していた人。ハリディ教父のもとでしばらく下働きしていたっていう、あのローガン」

憂鬱《ゆううつ》げにシャルは深いため息をつく。

「そういうことか……」

目の前の男と出会ったときは警戒《けいかい》し、不審《ふしん》がっていたシャルも、旅の途上《とじょう》で彼の気弱さや善良さに毒気を抜《ぬ》かれ、親しみを覚え始めていたのかもしれないと、その横顔を見て思う。

事実が、想像して望んでいたものと違《ちが》ったことに、シャルなりに切ない気持ちがするのかもしれない。

「僕がローガン？　え？　でも、ハリディ教父は、僕の声に聞き覚えが」

男――ローガンは、目を瞬《しばたた》く。

「聞き覚えがあって、当然だったの。だって半月以上一緒《いっしょ》に仕事をしていたんだから。逆に、ほとんど会話したことのなかったパパ、ギルバートの声を覚えている方が、不自然。ただわたしたちが、あなたをギルバートと紹介《しょうかい》したから、ハリディ教父は記憶とそれを結びつけちゃった可能性があると思う」

「でも、どうして僕がローガンだって確証が？」

「昼間に来ていた人は、ヘインズの貸し馬車屋の代理で来たの。十七年前、ギルバートと名乗ってた人に、貸し馬車屋は馬を騙《だま》しとられた。でも今日コッセルで、当時ギルバートと名乗っていた人を見かけたから、十七年越《ご》しに取り立てようと考えたみたい」

「僕が十七年前に、馬を？」

「そう、あなた。間違いなく、あなた本人。だって貸し馬車屋の人が、十七年前のあなたを知っていたからこそ、今日、見つけたんだもの」

「じゃ、それは僕がギルバートってことじゃ」

「違うの」

アンは強く、彼の言葉を遮《さえぎ》った。

「十七年前ギルバートと名乗っていたその人は、貸し馬車屋に一つの指輪を渡《わた》した。それが今日、あの人が持ってきた、チェンバー家軍の兵士の指輪だったの。でもその指輪を持っていたのは、ローガンのはずよ。チェンバー家軍の脱走兵だったから」

言葉を切り、アンは続けた。

「十七年前ローガンは、ギルバート・ハルフォードを騙《かた》っていたの、コッセルの町中で」

「待ってくれ、僕が……ギルバートが、ローガンの指輪を持っていた可能性もあるじゃないか。

ローガンにもらって」

微かな希望に縋《すが》るように身を乗り出すローガンに、アンは首を横に振《ふ》る。

「その可能性がまったくないとは、言わない。でも主家の紋章《もんしょう》が入った兵士の指輪なんて、平気で受け取れないよね？」

兵士の指輪は、チェンバー家から下賜《かし》されるもの。下賜された当人ではない人間が所持しているのをチェンバー家に発見されれば、盗人《ぬすっと》あつかいされても文句は言えない。

ヘインズの貸し馬車屋のように、損失を取り戻したい一心であれば、危険を承知で受け取るかもしれない。だがそんな切羽詰《せっぱつ》まった事情でもなければ、恐ろしくて誰《だれ》も指輪は受け取らないはずだった。

アンは続ける。

「じゃあ、パパがローガンから盗《ぬす》んだ？　高価でもない、持っているとチェンバー家からお咎《とが》めを受けるかもしれない指輪を？　その可能性は低いと思う」

口を軽く開けたまま、ローガンは身動きしない。衝撃《しょうげき》が大きすぎて動けないのかもしれない。

「ローガンがコッセルの町でギルバートを騙っていたとしたら、駒鳥亭のことも説明がつくの。ここに泊《と》まっていたのは、ギルバートを騙ったローガンだった。だからママもわたしも、一緒にいない」

「だとしたら……」

腕組《うでぐ》みしたシャルは、ローガンを見やった。

「ギルバートを騙ったローガンが駒鳥亭《こまどりてい》に預けていた馬は、ハルフォード一家の馬かもしれん。ハリディが言っていただろう。ハルフォード一家の馬が盗まれたと。ハリディは、町の職人たちの嫌《いや》がらせだろうと推測していたが、嫌がらせにしても度が過ぎている。なにしろ窃盗《せっとう》だからな。訴《うった》えられたらまずい」

シャルの口から出た推測は、正しいかもしれない。

（ローガンは、同じ場所に野宿していたハルフォード一家の馬に目をつけて、盗んで、町に入って宿に泊まった）

脱走兵だったというローガンは、兵士としての生活の中で、長い期間野営を余儀《よぎ》なくされていただろう。脱走してからも野宿で、うんざりしていたのかもしれない。屋根のある場所で、ベッドの上で眠《ねむ》りたいと、渇望《かつぼう》していたかもしれない。

金は持っていなかったので、最初から宿代の代わりに馬を置いていくつもりで――。

しかしそこでアンは、おかしなことに気づく。

「でも。ハリディ教父は、ママがローガンを雇《やと》ってくれとお願いに来たのは、砂糖菓子《がし》を作ったひと月後くらいだったって言ってた。馬が盗まれたのは、その前で。馬を盗まれて、その後になんでママはローガンの仕事の口利《くちき》きをするの？」

「おまえの母親は、馬が盗まれたら、呆然《ぼうぜん》としているタイプか？」

シャルに問われて、アンは苦笑いした。

「まさか。そんなわけない。腕まくりして、犯人を探しあててやるって、息巻くタイプ……」

そこまで口にして、一つの想像ができた。

（ママは、馬を盗んだのがローガンだと思ったはず）

旅慣れたエマは、常に様々なことを注意深く観察する人だった。

同じ場所に野宿していたローガンを、エマは当然注視していた。警戒していただろうが――

まんまと馬を盗まれた。だとしたら、エマはどうするか。

（目を吊《つ》り上げて、何日もかけてローガンを捜《さが》し歩くはずだわ。すぐにコッセルを離《はな》れれば良いものを、ローガンはのんびり十日も宿に泊まってて）

ローガンのことを、言っては悪いが間抜《まぬ》けだなと、アンは思った。シャルに馬鹿《ばか》にされがちなアンに思われるのだから、間抜け具合は笑えるほどだ。

（ママは、ローガンをコッセルで発見したはず。それで馬は宿代にしたって言われて、腹を立てて、呆《あき》れて……）

自分の欲求《よっきゅう》を抑《おさ》えきれず、身勝手な真似《まね》をして、人に迷惑《めいわく》をかけたローガン。しかしその行動は、とことん間が抜けている。

ぽかんとしているローガンの顔を見て、うっすらと理解できた。

彼はセラたちの楽園で唯一《ゆいいつ》、妖精《ようせい》たちにこだわりなく接していた。それが彼生来の性質であるのは、間違いなかった。楽園にいた他《ほか》の協力者たちは、セラの支配が解けると、過去の記憶《きおく》がなくとも彼ら本来の考えや態度を現していたのだから。

妖精たちに対してこだわりがないのも、気弱なのも、優《やさ》しいのも、おっとりしているのも、彼生来のもの。

一緒に過ごした間に感じたローガンの生来の性質は、悪くない。妖精や人や、そんな種族へのこだわりはなく、のんびりとしていて、がつがつと名誉《めいよ》を求めるようなこともなく——少し間が抜けている。完璧《かんぺき》な善人とは言えないが、悪人とも言えない。気の弱い、根の優しい——時々怠《なま》け心が顔を出すような、人。

（兵士生活に疲《つか》れて、我慢《がまん》できずに馬を盗んで宿に泊まっちゃった、ローガン。ママは、彼に腹を立てるのが馬鹿馬鹿しくなったのかも）

目の前にいる男が、「屋根のある場所で、ベッドで寝《ね》たかった」とめそめそと言い訳して謝罪したら、エマはどんな顔をしただろう。

想像して、ふっと笑ってしまう。

「ママはローガンに呆れて、許して、それで、真っ当になってほしいなって思ったんだ」

見れば、ローガンの目に光るものがあった。こぼれそうなそれを止めようとしているらしいが、彼の声は掠《かす》れる。

「僕は……君のパパじゃない？」

確かめる言葉ではなく、言い聞かせてほしいと願うような声音《こわね》だった。

「うん。あなたは、わたしのパパじゃない」

「そうか……」

と応じたローガンの口から乾《かわ》いた小さな笑いが漏《も》れ、涙《なみだ》がこぼれた。

「そうか……うん……そうか。わかった……」

顔を伏《ふ》せ、ローガンは自分に言い聞かせるように呟《つぶや》く。

切なくて、アンも言葉がなかった。

(この人はローガン。パパを——看取《みと》った人。わたしのパパはやっぱり十七年前に亡《な》くなった)

これで全《すべ》てがはっきりした。

アンの父親はエマが言ったように、内乱に巻き込まれて死んだのだ。ただローガンが十七年前の一時期、ギルバートと名乗って行動し、ギルバート名義の馬の預かり証を持っていたために混乱が生じたのだ。

「どうして十七年前の僕は、自分がギルバートだなんて嘘《うそ》をついたんだろう」

涙声の呟きに、シャルが窓の外の暗闇《くらやみ》に視線を戻《もど》しながら素っ気なく言う。

「羨《うらや》ましかったんだろう、ギルバートが」

のろのろと顔をあげたローガンをふり返ることもなく、シャルは淡々《たんたん》と続けた。

「朗らかな妻と子と一緒《いっしょ》にいる、同年代の男が羨ましかったんだろう。盗んだ馬を宿代にしようと目論《もくろ》んでいたのだから、本名で宿泊《しゅくはく》するのは気が引ける。そこで偽名《ぎめい》で宿帳に署名しようとして、本来の馬の持ち主たちのことを思い出し、ギルバートの名を書いた。その瞬間《しゅんかん》だけでも、彼に成り代わった気分を味わいたかったのかもしれない」

「……そうなんだろうね……」

ローガンは自嘲《じちょう》の笑《え》みを浮《う》かべる。

「こいつは、ローガンだった。それだけのことだ。本人が忘れていたのだから、悪意も計略もない。だが問題は――フラウ」

黒い瞳《ひとみ》で真っ直《す》ぐ夜闇《やみ》の向こうを見据《みす》えながら、シャルが言う。

「フラウは本物のギルバートを知っている。にもかかわらず、一年前にセラの楽園で出会ったこいつがギルバートの名の預かり証を持っているのをいいことに、ギルバート本人だと証言した。俺たちにも嘘をつき通した」

昼間、フラウと話したときのことが、再びアンの脳裏《のうり》をよぎる。

「フラウが昨日、駒鳥亭の部屋の記憶を読んだと言ってたの。部屋の記憶にギルバートの姿を見たと言っていたけど、見たのはローガンの姿だったはず。彼女、『あのギルバート』って変な言い方していたから」

シャルは窓枠《まどわく》に背を預け冷えた声で言う。

「フラウさえ、こいつがギルバートではないと証言していれば、こんなことにはならなかった。

だが奴《やつ》は、この男をギルバートだと言い続けて、この男自身をその気にさせ、コッセルに誘導《ゆうどう》した。この男だけではなく、アン、おまえも」

「そもそもフラウは、最初はママを捜《さが》そうとしていた」

ことの始まりを思い返す。

「でも、ママが亡くなっているとわかったから、代わりにわたしをコッセルに向かわせるように仕向けた。なんで？」

暫《しばら》く考えた後、シャルは首を横に振《ふ》る。

「……わからん」

その時、コツコツと部屋の扉《とびら》を叩《たた》く小さな音がした。アンはベッドから立って扉を開いたが、廊下《ろうか》には誰《だれ》もいない。

「あれ？」

目をぱちくりさせた、その時。

「下だ、下っ！」

足もとからキンキン声がして、仰天《ぎょうてん》して飛びさがった。

「ミスリル・リッド・ポッド!?」

廊下の外、アンの足もと。顔と羽を草の汁《しる》と泥《どろ》で汚《よご》したミスリルが、見覚えのある太い指輪を、両手で重そうに引きずっていた。

「こいつが、重くて重くて。アン、手伝え……っ⁉」

「ミスリル・リッド・ポッド！」

廊下に跪《ひざまず》き、アンは思わず両手でミスリルをすくい上げて胸に抱《だ》き、さらに持ちあげて小さな頭に頰《ほお》ずりした。その拍子《ひょうし》にミスリルが引きずっていた指輪が、廊下にコロリと落ちる。

「良かった、良かった！　無事に戻ってきてくれた」

「ななな、なんだ。なんだ⁉　おいおい、アン。くすぐったい」

「あんなにフラウのこと怖《こわ》がってたのに、指輪のために行ってくれたんでしょう。ありがとう。でも無茶しないで」

赤面して照れながら、アンの頰を両手で軽く押し返すそぶりをしつつ、ミスリルはへへっと笑う。

「俺様はあんな奴、全然怖くないぞ！　しかもあの指輪、なんか大切そうだったし。まあ、あそこで追わなきゃ、妖精が廃《すた》るってもんだ」

廊下に出てきたシャルは指輪を拾い上げ、のろのろついてきたローガンに差し出す。

「おまえのものだ」

両手で受け取ったローガンは、泣き笑いのように顔をゆがめた。

「よく帰ってこられたな」

素っ気ないシャルの言葉に、ミスリルはきっと彼を睨《にら》みつける。

「もっと労《いたわ》りのあること言えないのかよ、おまえ！　大活躍《だいかつやく》した、俺様に向かって。て、おまえ、そもそもなんでフラウを追ってこなかったんだ。俺様、絶対おまえがフラウを追ってくるもんだと思ってたから、安心してたのに！　ぜんぜん追ってこないから、焦《あせ》ったじゃないか」

「焦って、怖くなって、フラウから離《はな》れて逃《に》げ出したか？」

「そんなわけ、あるか！　あいつが寝込んだからチャンスだと思って、指輪と一緒に戻ってきたんだ。指輪を取り戻したぞ、アン！　しかも」

湖水色の瞳に、ミスリルは真剣《しんけん》な色を浮かべる。

「あいつ、まだコッセルの近くにいる。教会からずっと西に行ったところの、山裾《やますそ》にある薪《まき》小屋に潜《もぐ》り込んでいる。あいつ疲れてるみたいで、ぐっすり寝込んでるぞ。なんであいつが、指輪なんか盗《ぬす》んで逃げたのか、わかんないけど。今ならあいつを捕《つか》まえて、とっちめることができる」

「とっちめる？　そんな必要ない。殺せばいい」

シャルの目が鋭《するど》くなる。

「シャル！」

極端《きょくたん》な発言に驚《おどろ》いたが、彼は平坦《へいたん》な声で続ける。

「フラウがなんのつもりでこの男をギルバートと偽《いつわ》り、アンをコッセルにおびき寄せたのか、わからん。指輪を盗んだ理由も不明だ。だが、もう、理由などどうでも良い。奴は触《ふ》れることすら危険な妖精《ようせい》。なにを考え、なにをしようとしているとしても、滅《ほろ》ぼす」

「そんな、そこまで……！」

立ちあがって思わず抗議《こうぎ》した。

「奴には触れられない。捕まえることは困難だ。野放しにしておくことも、危険だ。やつは執《しゅう》念《ねん》深く、ずっとおまえをここまで導いた。奴の目的がはっきりしない限り、生涯《しょうがい》おまえはつきまとわれるかもしれない」

フラウが何をしようとしているかも、わからない。最初から徹頭徹尾《てっとうてつび》、全ての人も妖精も欺《あざむ》き抜《ぬ》いた彼女は信用ならない。シャルの言うとおりだ。しかし。

「でもパパが助けて、友だちとしてずっと一緒に過ごしてきたフラウを」

「おまえの父親との関係がどうあれ、おまえに危害を加える可能性があるならば捨て置けない」

「シャル……」

「あいつのために、俺は一度、ひとときでも、おまえのことを忘れた。それがどれほど恐《おそ》ろしいことか、わかるか？　あの時、自分の中からおまえが消えてしまっていたのだと正気に戻って理解して——あの時間は自分の全てが奪《うば》われたようだった。あんなことは二度とさせない、俺にも、おまえにも」

アンは唇《くちびる》を噛《か》む。なんと言えばいいのだろうかと、迷う。危険かもしれないとは思うが、それだけで彼女を手にかけるべきではない。だがシャルが危惧《きぐ》することも、もっともなのだ。一度、フラウの能力で危機に陥《おちい》ったことがあるのだから――。

「やめてくれ、そんなこと！　僕が彼女を説得して捕まえるから」

戸口に立っていたローガンが、掌《てのひら》の指輪を握《にぎ》りしめて強く言った。

眉《まゆ》をひそめ、シャルはふり返る。

「彼女、きっとそんなに悪いことは考えてない。だってここまで来る間だって、彼女は悪さをしなかっただろう。アンを傷つける機会だって、僕を傷つける機会だって、沢山《たくさん》あったのに」

「これから、するかもしれない」

「しない、きっと。しない」

ギルバートは強く首を横に振る。

「彼女は僕がギルバートじゃないと知りながら、一年一緒にいてくれた。その間、どこへ行くにも一緒に来て助けてくれた。僕が買い物で忘れ物をしてセラたちに呆《あき》れられないようにって、ちゃんとメモ帳を作ってくれたり。僕が破いてしまったセラのシーツを、黙《だま》ってそっと直してくれてたり。とにかく、とにかく……僕を助けてくれたんだ。僕のことをギルバートじゃないと知っていながら」

騙《だま》されていた。利用されていた。そんなことはローガンも充分《じゅうぶん》にわかっているのだろうが、それでもなおフラウと過ごした時間は、彼にとっては良いものだったという思いは消えないのだろう。必死に言葉を続ける。

「だから、僕が捕まえるよ。僕は十年前より過去の記憶《きおく》がない。セラのおかげで、さっぱり消えてる。フラウに触《さわ》られても、他《ほか》の人たちと違《ちが》って、混乱するほど多くの記憶はない。だから問答無用でフラウに斬《き》りかかるなんて、やめてくれ」

シャルがフラウに触れられた時の様子や、昨日の食堂での男の様子を思い出す。苦しく辛《つら》い体験の多い者ほど、記憶が混乱して面倒《めんどう》になるのかもしれない。シャルは言わずもがなだが、昼間の男も、十七年前の戦禍《せんか》を体験している。

ローガンの訴《うった》えに、シャルは嘲笑《ちょうしょう》するような笑《え》みを見せた。

「出会ったときから騙されていたのに、ずいぶんおめでたいことを言う」

「騙されていたけど、彼女は僕に嫌《いや》なこともしないし、親切だった」

「利用されていただけだ」

「だからって、死んでしまえとは思えない」

「シャル」

シャルの袖《そで》を、アンは摑《つか》む。

「危険だとわかれば、仕方ない。でもローガンがこう言ってくれてる」

ミスリルがアンの腕《うで》の中で「ローガン？」と不思議そうに呟《つぶや》く。

アンとローガンに見つめられ、シャルは舌打ちした。

「いいだろう。だが……おまえがぐずぐずしていたら、すぐに奴《やつ》を斬る」

夜明けには、いくぶん間があった。

馬を駆《か》って行けば早いだろうが、夜では借りられない。アンの馬車は宿屋の納屋《なや》に入っているので、宿の主人をたたき起こして納屋を開けさせて準備するのも、手間がかかる。

ミスリルの話では、フラウが休んでいる小屋までは徒歩で行ける距離《きょり》だという。しかも徒歩であれば、静かに小屋に近づくには都合が良い。

ミスリルの案内で、シャルはランプを手にして、アンとローガンを連れて駒鳥亭《こまどりてい》を出た。アンには駒鳥亭に残っていろと言ったが、拒否《きょひ》された。

ランプで前方を照らしながら黙々《もくもく》と歩むシャルの肩《かた》の上で、ミスリルが問う。

「なぁ、なぁ。さっき聞いたこと、本当なのか？　あのおっさんが、ローガンだったたって」

外へ出る準備をしている間に、アンはミスリルに、ことのあらましを説明していた。

「本当だ」

「そうかぁ」

と、ちらっと背後からついてくるローガンに目をやって、ミスリルは腕組みする。

ローガンは遠慮《えんりょ》がちに、アンとシャルから随分《ずいぶん》距離を取ってついてきていた。

「フラウ・フル・フランの奴、なんでそんな嘘《うそ》ついたんだ？　しかも指輪を盗んで。あの指輪、そんな高そうに見えないけどな」

「指輪を盗んで逃げ出したフラウは、何をしていた？」

「別に、なんてことなかったぜ。ポケットに隠《かく》れて見てたけど、あいつ町の外へ出たら、うろうろ歩き回って。たぶん隠れる場所を探してたんだろうな。で、夕方に薪小屋を見つけて潜り込んで、そこに座って、指輪をつまんで見てた。あれは記憶を読んでたのかも？」

ミスリルは考え深げに首をひねる。

「でもそのうち暗くなって、あいつ、ぽてっと寝《ね》ちゃったからな。それで俺様は指輪と一緒《いっしょ》に出てきたんだ」

フラウの目的が、シャルにはわからない。

「フラウは、パパが死んだこと知ってたのかな？」

隣《となり》を歩むアンが、ふと口にする。

「フラウが自分で言ったの。パパがママと結婚《けっこん》したときに、パパと離れたんですって。それで数年一人で過ごしたけど、やっぱりパパが恋《こい》しくて、捜《さが》すために旅に出たって」

「それでセラの楽園に遭遇《そうぐう》して、あのおっさんに出会ったわけか？」

ミスリルが問う。

「多分、そう。そして彼がギルバート・ハルフォードの名の書かれた馬の預かり証を持っていた。もし、わたしが、シャルを捜して旅していて、シャルの名前が書かれた預かり証を持っている人に出会ったら、どうするんだろう」

暗い足もとに視線を落としながら呟いた妻の言葉に刺激《しげき》され、シャルもまた彼女と同じように、もし自分がアンを捜していたらと想像した。

既《すで》にコッセルの市街地を出て、教会の傍《かたわ》らを通る細い道にさしかかっていた。道はどんどん細くなり、獣道《けものみち》のように左右から草が伸《の》び放題になっている。

「俺なら……」

シャルは口を開く。

「目の前にいる奴は、アン本人じゃない。しかしアンの名を記したものを持っている。日付は、十七年前。場所はコッセル。これだけわかっていたら……俺だったら、コッセルへ行って消息を知ろうとする」

馬の預かり証の日付を見れば、コッセルが内乱に巻き込まれる直前だ。それだけで嫌な予感がする。シャルならばまず、内乱に巻き込まれていないかアンの無事を確認《かくにん》しようと、教会に保管されている内戦の犠牲者名簿《ぎせいしゃめいぼ》をあたる。「主《あるじ》に頼《たの》まれた」とか、なんとか、適当な理由をつけ、警戒心《けいかいしん》の薄《うす》そうな教父見習いにそれらの記録を出させて、確認して――。

(アンの名をそこに見つけたら……信じるか？)

記録を目にしても、咄嗟《とっさ》に心はアンの死を否定するだろう。何かの間違いだと。

（フラウもそうだったかもしれん）

揺《ゆ》らぐランプの火が頼《たよ》りなく前を照らす。

視線をあげれば、正面に立ちあがるなだらかな丘《おか》の稜線《りょうせん》がうっすら青い。足もとは暗くとも、夜明け間近だ。

（だからフラウは、エマを捜したのか）

エマを捜しているスカーレット・エイワースの噂《うわさ》を耳にし、彼女を利用して銀砂糖子爵《ししゃく》を経由してエマを呼び寄せる計画を立てた。

計画の中心には、偽《にせ》のギルバート・ハルフォードを据《す》えた。

もしエマが今もギルバートと旅しているならば、「おかしな手紙が来た」ということになる。ただことは砂糖林檎《りんご》の収穫《しゅうかく》に関《かか》わるために、エマは確実に銀砂糖子爵に呼ばれる。銀砂糖子爵やエイワースの動きを注視していれば、ギルバートに会えるかもしれない。

しかしもし、エマがギルバートと一緒にいない場合は——？

その場合、ギルバートは真実コッセルで死亡している可能性が高くなる。なにしろコッセルには死亡の記録があるのだ。

フラウは、エマの代わりに娘《むすめ》のアンがやってきたことで、ギルバートは彼女たちと一緒にいないと知る。そして彼は死んだと確信を深めただろう。

（それでもなお、偽のギルバートをして、アンをコッセルへ誘《さそ》い出そうと画策した）

　エイワースの一件でギルバートの死を確信しても、フラウは偽のギルバートとセラを利用し、アンをおびき出した。フラウにしてみれば、セラの楽園にアンが招かれたのは、コッセルへ導くための寄り道に過ぎなかったのだろう。そこからなんとかしてコッセルへ、と。

　執拗《しつよう》に、周到《しゅうとう》に、フラウはアンをコッセルへ向かわせる策を巡《めぐ》らしていたのだ。

　常におどおどして、時にぼんやりとして、芯《しん》もなさそうな態度でいるフラウだが、その実、我慢強《がまんづよ》くて知恵《ちえ》も回るのだ。

　悪意を持って向かってくれば、危険な相手。

　正面の丘の稜線はみるみるはっきりと青く浮《う》かび、周囲の様子が薄ぼんやりと見えはじめた。まだ黒い影《かげ》にしか見えない木々が、視界の左右に浮かんでくる。

「おまえに会ってフラウは、ギルバートが死んでいると確信したはずだ。それでも、おまえを執拗にコッセルに導いた。その理由がわからない」

　シャルの呟きに何を感じたのか、わずかにアンが息を呑《の》む気配がした。

「……あっ……」

「どうした？」

「フラウは──会いたかったんだ、パパに」

　ふいに悟《さと》ったように、アンが口にする。

「会いたかった？　ギルバートは死んだと知ったのにか」

「うん、だって……」

アンが言葉を続けようとしたが、ミスリルの緊迫《きんぱく》した声がそれを遮《さえぎ》る。

「おい、見ろ!」

周囲の視界が瞬《またた》く間に良くなってきて、正面の丘の麓《ふもと》に林の姿が浮かぶ。ミスリルがひそめた声で、鋭《するど》く言った。

「見ろ、シャル・フェン・シャル、アン。あれがフラウ・フル・フランが潜《もぐ》り込んだ薪《まき》小屋だ」

林の中に、板屋根の小屋がある。

◇

アンはその瞬間《しゅんかん》、フラウの目的が理解できた、と思った。

シャルは、もし自分がフラウだったらどうするかを口にした。同様にアンも彼の話に耳を傾《かたむ》けながら、自分がフラウだったらと考えた。そして理解したのだ。

「会いたかった? ギルバートは死んだと知ったのにか」

「うん、だって……」

訝《いぶか》しげなシャルに説明しようとしたその時、「おい、見ろ!」と、ミスリルが言った。

「見ろ、シャル・フェン・シャル、アン。あれがフラウ・フル・フランが潜り込んだ薪小屋だ」

夜の闇《やみ》が、薄青《うすあお》い夜明け間近の暗さに変わっていた。

半透明《はんとうめい》の、暗く青い色を重ねたような目の前の景色の奥に、薪小屋があった。それが薪小屋だとわかるのは、板屋根と壁《かべ》の隙間《すきま》が大きく開いて風が通るようにしてあり、そこから薪の束が見えているからだ。

フラウが、あそこにいるのだろうか。アンは足を止め、緊張《きんちょう》を覚えながら小屋を見つめた。同様に足を止めたシャルは、手にあったランプの火を消し、近くの木の根元に置く。

フラウと対峙《たいじ》する準備を始めた彼に、遅《おく》れてついてきていたローガンが早足で近寄ってきた。

「シャル。僕が先に行くよ」

真剣《しんけん》な茶の瞳《ひとみ》を、シャルは鋭く見返す。

「危険と判断したら、俺は動くぞ」

「わかってる」

周囲が見る間にうすぼんやりと明るくなり、下生えが朝露《あさつゆ》に濡《ぬ》れはじめる。湿《しめ》った草を踏《ふ》み分け、ローガンが小屋に近づく。アンは小屋の戸口が見えるあたりまでローガンの背を追ったが、近づきすぎる前に、シャルに腕《うで》を摑《つか》まれた。

「それ以上は近づくな」

ローガンが小屋の扉《とびら》をノックした。

「フラウ。僕だよ。いるんだろう？」

シャルは身構え、掌《てのひら》に意識を集中させて銀の刃《やいば》の剣《けん》を出現させて握《にぎ》った。ミスリルがシャルの肩《かた》から、近くにあった木の枝に飛び移り扉を注視する。緊張に両手の拳《こぶし》を握りながら、アンもローガンを見守る。

「フラウ?」

二度目にローガンが呼ぶと、中からもの音がして、扉がゆっくり、静かに、細く開かれる。金の髪《かみ》と金の瞳の妖精《ようせい》が、おずおずと顔を出す。

「……ギルバート……」

ローガンは泣き笑いのような顔になった。

「名前が、違《ちが》うよね。僕がギルバートじゃない、って。君、知ってるんだよね」

フラウはびくりと肩をふるわせ、金の瞳が揺らぐ。

「ご、ごめんなさい。わたし。どうして、ここが」

「いいよ。いいんだ。君がここにいることは、ミスリル・リッド・ポッドが知らせてくれた」

「彼?」

上衣《うわぎ》のポケットにミスリルが潜んでいることに、気づいていなかったらしい。目を見開いたフラウに、ローガンは優《やさ》しく続ける。

「うん。彼。とにかく、まずは一緒《いっしょ》に駒鳥亭《こまどりてい》に戻《もど》ってくれないかな、フラウ? 君が今までついた嘘《うそ》や、昨日したことの理由。それらを僕たちは知りたいんだ」

ローガンの言葉の途中《とちゅう》で、はっと、フラウの視線がアンたちの方へ向かった。シャルとアンの姿を認め、目を大きく見開く。

「ねぇ、フラウ……っ！」

優しく導くようにローガンが手を差し出したが、いきなりフラウは彼の肩を両手で突《つ》き飛ばした。不意のことで背後によろけたローガンが尻餅《しりもち》をつくと、身軽にそれを飛び越《こ》え、駆《か》け出す。丘へ向かって走る。

「フラウ！」

フラウを追って走り出したアンの横を、シャルが追い越す。

ちらっと背後を見やったフラウは、このままでは追いつかれると悟ったらしい。立ち止まり、ふり返って身構える。大きめの上衣から出ている手先を、前に突き出す。金の虹彩《こうさい》がぎゅっとすぼまり、向かってくるシャルに触《ふ》れようと狙《ねら》っているのが見て取れた。

シャルも先刻承知らしく、彼女と距離《きょり》をとり、立ち止まる。

「おまえは危険だ」

シャルの言葉にもフラウは表情を変えない。

ひと太刀《たち》で息の根を止めようとする気迫《きはく》で、銀の刃を構え、シャルが足を踏み出しかける。

彼の実力を知っているアンには、フラウに逃《のが》れる術《すべ》はないように思われた。

「待って！　シャル」

追いついたアンは、シャルの腕にしがみつく。

「待って、お願い。一回だけでいい」

「なんのつもりだ」

苛立《いらだ》つシャルに、必死に告げる。

「待ってほしい、お願い！」

この隙《すき》にフラウは逃《に》げようと踵《きびす》を返しかけるが、アンはきっ、と彼女を見やって声を張った。

「逃げないで、フラウ！　そのままでいて！」

戸惑《とまど》った視線を向けてくるが、それでもフラウの一歩が出たのを見て、アンはさらに怒鳴《どな》った。

「それ以上動いたら、あなたはパパに会えない！」

フラウの動きが止まった。

「動いたら、シャルはあなたを危険な相手とみて、すぐに斬《き》りかかる！　ここまで来て、あなたはパパに会えなくなる！　いいの⁉　あなたがこんなことをしたのは、パパに会いたかったからでしょう⁉　会いたいんでしょう。会えないままでいいの⁉」

（やっぱり）

恐《おそ》れるようにフラウはゆっくりとふり返り、アンを見る。

確信した。

急速にフラウの全身から力が抜《ぬ》け、肩が落ち、逃げようとする気配が消えたのを認め、シャルが訝しげな顔をしながらも、構えていた刃をさげる。

「奴《やつ》は、どうした？　なぜ、おまえの言葉に従った？　アン」

フラウを注視しながらも、シャルが問う。

「フラウは、悪いことなんか考えてなかったし、今も考えてない。危険でもない。だって、パパに会いたくて必死だっただけだから、多分」

益々《ますます》、シャルの表情が不審《ふしん》げになった。

「ギルバート・ハルフォードは、生きているのか？」

アンは首を横に振《ふ》る。

「ううん、死んでる」

「ならば奴は、ギルバートに会えない」

「だから会いたいの」

「……意味が、わからない」

困惑《こんわく》するシャルの顔を見ていると、アンの胸に愛《いと》しさがこみあげるのと同時に、もし永久に彼と会えなくなったらという想像が膨《ふく》らむ。

（わたしも、フラウみたいなことしちゃうかも）

ローガンが立ちあがり、おとなしくしてほしいと祈《いの》るような目で、フラウを見つめる。

木の枝から飛び降りたミスリルは草地を跳《は》ね、シャルの肩に飛び乗った。

「油断するなよ、シャル・フェン・シャル」

注意を促《うなが》すミスリルと、無言で頷《うなず》くシャルに、アンは「大丈夫《だいじょうぶ》」と告げて、一歩フラウの方へ踏み出す。

「アン！」

「よせよ、アン」

シャルとミスリルの制止に、アンは微笑《ほほえ》み返す。

「大丈夫って、言ったじゃない。でも、わたしの判断がまずくて、わたしがフラウの力で混乱しちゃったら、仕方ない。迷惑《めいわく》かけちゃうけど、わたしのことよろしくね、シャル、ミスリル・リッド・ポッド」

「駄目《だめ》だ。奴に近づくな」

腕を摑んだシャルの黒い綺麗《きれい》な瞳を、アンは見つめた。

「わたし、フラウの気持ちがわかる気がする。だから行かせて」

「だが」

「信じて」

強く言い切ると、シャルの手の力が緩《ゆる》む。

アンは、ゆっくりとフラウに近づく。近づきながら、口を開く。

「フラウはコッセル教会の、内乱の犠牲者名簿《ぎせいしゃめいぼ》を確認《かくにん》しているよね？」

微《かす》かにだが、彼女は頷く。

「だったら埋葬者《まいそうしゃ》名簿も見たよね？」

また、微かに頷く。

「だからなのね。こんなことしたの」

ゆらゆらと、フラウの薄《うす》い金の髪が揺《ゆ》れる。頷いたようにも首を横に振ったようにも見える、曖昧《あいまい》な動き。

フラウは犠牲者名簿でギルバートの死を知ったが、埋葬者名簿に名がないことも同時に知ったのだ。二つの名簿の記述の不一致《ふいっち》は、アンたちを混乱させた一助にもなった。

フラウは――ギルバートの生存に一縷《いちる》の望みをかけたのかもしれない。

だがアンが現れたことで、ギルバートの生存は絶望的と確信を得たのだろう。それでもまだアンをコッセルへ導いたのは――。

「フラウは、パパの埋葬された場所が知りたかったんでしょう？」

金の睫《まつげ》が震《ふる》え、彼女は目を伏《ふ》せた。

ギルバートは死んでいる。生きて会えない。ならばせめて生きて会えない愛しい人が眠《ねむ》る場所に、フラウは行きたかったのだ。

彼が眠る場所に行き、眠っている彼に会いたい――と。

フラウの真の目的は、ギルバートの眠る場所を突き止めることだったのだ。

埋葬者名簿に名前がないために、ギルバートの亡骸《なきがら》はどこにあるのかわからない。それを知るために、フラウはアンたちを利用したに違《ちが》いなかった。

ローガンが本物のギルバートか偽者《にせもの》か、それを判断するためにアンは必死に過去を探《さぐ》る。その過程で必ずギルバートの死の事実に突き当たり、その経緯《いきさつ》がわかり、埋葬の地がわかる。フラウはそれを期待したのだ。

妖精《ようせい》のフラウでは、調べるにも限界がある。アンであれば、ギルバートの身内であり、なおかつ銀砂糖師。様々な人と関《かか》われるし、関わりを作ることができる。そこから多くの情報を引き出せる。フラウでは無理なことも、アンならばできるのだ。

そしてアンはフラウの期待通りに動いた。

おそらくフラウは、ローガンがギルバートを看取《みと》ったことも知らなかったはず。しかしアンが過去の話を集めてくる段階でローガンの存在が浮《う》かびあがり、彼が奇《く》しくも偽のギルバートとしてフラウが仕立てた男と同一人物であり、ギルバートを看取ったことが判明した。

「ローガンの指輪を闇雲《やみくも》に奪《うば》ったのは、あの指輪からパパの最期《さいご》がわかるって思ったからよね。もうこれで、パパの眠る場所がわかるって。そう思ったのよね？」

ローガンの指輪は、コッセルが戦火で焼かれた数日後まで彼の手にあった。ということは、その指輪は、ギルバートの死を看取り、その後の経緯も見ている。

　あの指輪が唯一《ゆいいつ》で最良の手がかり。それを悟《さと》ったフラウは、指輪を奪って逃げた。

「パパの眠っている場所、わかったの？」

　こくんと、フラウは力なく頷く。

「正直に言ってくれれば、こんなややこしいことにならなかったのに。わたしだって、パパのこと知りたいと思ったし、協力した。実際、パパの過去を探りたいって一緒《いっしょ》にここまで来た。あなたも、わたしがパパのことを調べるのを期待して、わたしをコッセルへおびき寄せたんでしょう？　それくらいなら、言って欲しかった。指輪だってあんなふうに盗《ぬす》む必要もない。一緒にパパの眠る場所を……」

「だから」

　はじめて、フラウが口を開く。消え入るようなか細い声だった。

「だから嫌《いや》だった。……ギルバートに会わせたくなかった」

六章　会いたかった人

フラウが顔をあげた。アンを見つめる彼女の瞳《ひとみ》には、懐《なつ》かしむような哀《かな》しむような、微妙《びみょう》な光が揺れている。

「会わせたくなかった……って。誰《だれ》に、誰を」

思わず訊《き》いた。

「ギルバートとエマを、会わせたくなかった」

「ママは死んでるのよ?」

「知ってる、でも。あなた、エマによく似てる」

フラウの声が震えた。その言葉が胸に刺《さ》さって息苦しくなったのは、フラウの気持ちが理解できてしまったからだ。

「でも……でも……」

フラウの唇《くちびる》がわななき、自分の考えがまとまらないかのように、両手の指で金の髪《かみ》を、ゆっくりとくしゃくしゃにする。

「あなたの目は、ギルバートの目。だからあなたの砂糖菓子《がし》……食べたくなって、食べてしまった……でも、やっぱり。あなたはエマに似てる」

声が苦しげで、アンの胸の中にもそれに呼応するように、大きな塊《かたまり》がせりあがる。

「会いたいの。ギルバートに。でも会わせたくないの、ギルバートにエマを……っ！　でも、あなたはギルバートの目をしてるの！」

声を高くしたフラウに、アンは駆《か》け寄って抱《だ》きしめた。

「アン!?」

背後でシャルの鋭《するど》い声が聞こえたが、かまわずフラウを抱きしめ続けた。フラウの膝《ひざ》から力が抜《ぬ》け、へたり込むのにあわせて、アンも膝を折って彼女を抱《かか》え続ける。

「フラウ。わたしは、エマじゃない。ギルバートでもない。アンよ」

「似てる。よく、似てる」

「似てても、二人とは別の人間。二人の気持ちとか何を考えていたかなんて、よくわからないくらい、わたしは二人と遠いところにいるの。今は、あなたの気持ちとか考えていることのほうが、わかる気がする。あなたの方が、二人よりも今この瞬間《しゅんかん》、わたしにはずっと近い」

フラウは、いやいやするように頭を振《ふ》る。

「だからあなたと一緒に、あなたの会いたい人に会いたい。わたしは、最初、あなたほどパパに会いたかったわけじゃなかった。でも今は、会ってみたいと思うの。赤ん坊《ぼう》の頃《ころ》は一緒にいても、パパのことはぜんぜん記憶《きおく》にない。会ったことがないのと一緒。だから、会ったことがないから――会ってみたい」

懇願《こんがん》するように、囁《ささや》く。

「フラウ。一緒にパパに会いに行かせて。お願い」

「ギルバートの目で」

フラウが呻《うめ》く。

「ギルバートの目で、そんなこと言わないで。エマみたいに、優《やさ》しい声で言わないで」

「言ったよね。わたしは二人とは別。でも似てるのだったら、ごめんね。でも別なの。ただ、今あなたと一緒に、あなたがずっと捜《さが》してた人に会いたいって思ってる、アンっていう人間。わたしも、一緒に会わせて欲しい。ギルバート・ハルフォードに。お願い」

抱いていたフラウの体から、力が抜ける。草地に膝をついたドレスの布地を通して、朝露《あさつゆ》が染《し》みこみ膝を濡《ぬ》らす。フラウの膝もきっと濡れているはずだ。それでも彼女は動かず、丘《おか》の稜《りょう》線《せん》が明るくなり、朝焼けが空を覆《おお》い、朝日が雲の縁《ふち》を金に彩《いろど》る。

長い時間そうしていた。

シャルとミスリル、ローガンも、何も言わず見守ってくれている。彼らにも、フラウの望みと彼女の必死さが理解できたのだろう。

「お願い」

アンは、何度目か囁く。

「お願い、フラウ」

「……うん」

頰《ほお》に朝日が射《さ》す頃に、声細くフラウは応じてくれた。

「どこ？　馬や馬車が必要？」

「近く。歩いて……行ける」

「じゃあ、行こう」

フラウの背を抱いていた腕《うで》をほどき、立ちあがり、代わりに、だらりと体の横に垂れている彼女の手を握《にぎ》ると、引っぱりあげて立たせる。

「案内して、フラウ。どこに行けばいいか」

ぼんやり顔をあげたフラウは、薪《まき》小屋の背後にある丘へ目を向けた。

「あそこ」

「じゃ、行こう」

丘へ続く獣道《けものみち》を、アンはフラウの手を引いて歩き出す。距離《きょり》をおいて、シャルとミスリル、ローガンがついてくる。

踝《くるぶし》をかすめる雑草で足を濡らしながら歩いていると、フラウが口を開いた。

「指輪の記憶、見たの」

独り言のような呟《つぶや》きだったので、アンは邪魔《じゃま》にならないように小さく「うん」と応じる。

「ミルズランド家軍とチェンバー家軍の兵士たちがコッセルに入ってきたとき、ローガンは、ギルバートとエマと、赤ちゃんと一緒に、町の中にいた。収穫祭《しゅうかくさい》だったから、朝一番に市場に行ってごちそうの材料を買い集めてるみたいだった」

フラウが読み取る記憶は、映像だけだという。彼女は映像の意味を、アンに解釈《かいしゃく》してもらいたいのかもしれなかった。

「その時、ローガンは、パパたちの馬を盗んで宿に泊《と》まったのがバレた後よね。ローガンはもう、教会で働いている時。パパとママ、ローガンは、仲直りしてたのかも。それで一緒に収穫祭を祝おうって、考えてたのかもしれないね」

「そうしてたら、町に火の手があがって、兵士たちの姿が見えた。ギルバートも、アンを抱いたエマも、ローガンも逃《に》げた。でも行く手を火に遮《さえぎ》られて、エマとアンを町の外へ逃がすために、ローガンとギルバートが、乗り捨てられていた荷車をひっくり返して、それで火の粉を防いで、エマとアンを通した。二人を追って逃げようとしてたけど、燃えてる何かが落ちてきた。ローガンは、ギルバートともはぐれて。でも、なんとか教会まで辿《たど》り着いて」

フラウの口から語られるのは、十七年前、アンたち一家を襲《おそ》った悲劇。

生々しくはなかった。聞いていると乾《かわ》いた哀しみが胸に広がり、その時の光景を鮮《あざ》やかに想像できない。ただぼんやりと灰色の、滲《にじ》む景色の向こうにある。

「ローガンが教会に辿り着いて、しばらくしてギルバートらしい人が運ばれてきた。顔かたちは、彼だってわからない。でも身につけているものは、ギルバートのものだった。ギルバートは、すぐに息をしなくなったみたい。そこへエマが、アンを抱いてきた。泣いてた」

朝の光に溶《と》けそうな細い声でフラウは続ける。

「ローガンは、亡《な》くなった人たちを、大きな穴に運んで土をかけるのを手伝ってた。でも、急に走り出して。教会の裏で泣いてたエマを捜して、何か言って。それで貸し馬車屋に走って、馬を借りた。教会の納屋《なや》から荷車を持ち出して、借りてきた馬をつないで。荷車に、布でくるんだギルバートの亡骸《なきがら》を乗せた。そしてエマと一緒《いっしょ》に、この丘に来た。それでエマと一緒に穴を掘《ほ》って、お墓を作った」

本来ならば教会の裏にある墓地に、ほかの犠牲者《ぎせいしゃ》たちとともにギルバートも眠《ねむ》るはずだった。そうしていれば埋葬者名簿《まいそうしゃめいぼ》に名が残ったはず。

しかしローガンは、わざわざギルバートを丘の上に運んだ――その理由。

(パパを、特別に弔《とむら》いたいと思ってくれた……？)

教会裏の墓地の大きな穴に、犠牲者たちは次々と埋《う》められた。そうしなければ間に合わないほどの犠牲者の数だったのだと、ハリディも言っていた。

しかしローガンは、そうやってギルバートが埋葬されるのが、嫌《いや》だったのだろう。

馬を盗《ぬす》んだローガンは、間違《まちが》いなくエマに叱責《しっせき》はされただろうが、それでも呆《あき》れて許してくれた。夫もまた、彼を許したから、ローガンは収穫祭の祝いの準備を一家としていたのだろう。

愚行《ぐこう》を許してくれた一家と過ごし、ローガンも彼らを好きになって——。

自分にとって大切になった人だけは、特別あつかいしたいという、そんな気持ちは子どもじみている。けれどローガンは子どもじみたところが、あったのだろう。十日間も、なんの考えもなく、暢気《のんき》に宿に泊まってしまうような人だ。

(ローガンは、パパやママのことを好きだったんだ)

ひんやりしたフラウの手を握りながら、アンは、背後からやって来るローガンを見る。

「貸し馬車屋の馬は、エマにあげてた。エマはその馬をギルバートの作った箱形馬車につけて、出発して。ローガンはコッセルで貸し馬車屋の主人に出くわして、指輪を渡《わた》した」

握った手に、アンは少し力を込める。

「ありがとう、フラウ」

フラウは戸惑《とまど》ったような目で、アンを見た。

「知りたかったこと、全部、フラウのおかげでわかった」

不意に正面がひらけた。のぼり坂がなだらかになり、平坦《へいたん》な丘の頂上が見える。そして背を押すように、背後から朝陽《あさひ》が明るく射《さ》す。

足を速めて丘の頂上に出ると、開けた台地に、数本の落葉樹があった。その一本の根元に、半ば草で覆われた、石を積んだ小さな塚《つか》があった。

フラウが、アンの手をふりほどいた。彼女はアンを追い越《こ》して駆《か》け出し、塚へと走った。草に覆われたそれをかきわけ、見おろし、膝《ひざ》をつく。
そして――塚を抱《だ》いた。

「ギルバート！」


フラウのそんな大きな声を、アンは初めて聞いた。必死の叫《さけ》びのような、慟哭《どうこく》に似た声。

アンは彼女の数歩背後に立ち止まり、塚を見つめる。胸の中に、ようやく深く呼吸ができるような安堵《あんど》がひろがる。

「わたし、アンよ」

思わずだった。小さく口にしていた。

「やっと会えたね――パパ」

塚は朝陽を正面に受ける、明るい場所にあった。見晴らしが良く、眼下にはコッセルの町が見える。ここにギルバートを葬《ほうむ》った人の真心が、わかる気がした。

この人が眠りにつかねばならないなら、せめて、明るい場所で、と。

かつての悲劇は、アンの胸には灰色ばかりの印象だったが、十七年前と繋《つな》がるこの場所は、明るく、心地《ここち》よい朝の風が吹《ふ》く。

この場所で眠るギルバート、それを看取《みと》ったローガンと、エマ。何も知らなかった、アン。そして愛《いと》しい人に会いたいと捜《さが》し続けた、フラウ。様々な人が様々な体験をして、傷つき苦しみ、哀《かな》しみ、迷い。でも、その人たちはけしてこの場所にうずくまっていただけではなく、立ちあがって歩き、生きたし、今も生きている。彼らの記憶《きおく》や思いが形になったようなこの場所は、今は明るい陽ざしに照らされて――。

（――あっ……）

不意に、アンの中に一つの形が見えた。それは自分がつかみ取らねばならなかった、砂糖菓《が》子《し》の形だ。

再びコッセルの町へ目をやって、確信した。

（わたしは――作れる）

遅《おく》れて、丘《おか》の頂上までのぼってきたシャルとミスリル、ローガンが、塚に近づいてきた。

「アン。これが？」

シャルに問われ、頷《うなず》く。

「うん。パパのお墓」

ミスリルが神妙《しんみょう》に、ぺこりと塚に向かってお辞儀《じぎ》した。

シャルも軽く腰《こし》をかがめて礼をとる。

「パパ。わたしの夫と、大切な友だち」

小さく口にすると、頬《ほお》を風が撫《な》でる。

ローガンが呆然《ぼうぜん》としているので、アンは笑顔《えがお》を向けた。

「ありがとう、ローガン」

「……え?」

「パパをここに眠らせてくれたの、あなただった。そして、ママとわたしに、旅に出るための馬をくれたのも、あなただったみたい。まあ、馬は真っ当な手段で手に入れたのじゃ、ないみたいだから。馬を使わせてもらったママとわたしの分、今のわたしが十七年間の利子をつけて、貸し馬車屋さんへ支払《しはら》う」

「僕は、申し訳ない。何も覚えてないし、ここに来ても、何も思い出せない」

「覚えてなくても、してくれたことは事実。ありがとう」

しばらく経《た》って、アンはフラウの傍《かたわ》らに行って膝をついた。彼女は塚を抱《だ》いて、涙《なみだ》を流し続けている。うれし涙なのか、生きて会えない哀しみなのか、それとも両方なのだろうか。どちらにしても、そこから動く気配がない。

「駒鳥亭《こまどりてい》に帰ろう、フラウ。ドレスが露《つゆ》で濡《ぬ》れてる。昨日のお昼から、何も食べてないし」

「帰らない」

フラウは首を横に振《ふ》る。

「ずっと、ここにいる。ギルバートと一緒にいる」

シャルの肩《かた》から飛び降りたミスリルが、遠慮《えんりょ》がちに近づいてきた。

「帰ろうぜ、フラウ・フル・フラン。何も食べないでずっとここにいたら、死んじまうぞ」

それでもいいと言うかのようにフラウが頷くので、ミスリルが困り顔でアンを見あげた。

「ねぇ、フラウ。お願いがあるの。パパのために」

脅《おど》かさないように、ゆっくりとアンはフラウの肩を抱いた。フラウの淡《あわ》い金色の羽が、パパのためという言葉にぴくりと震《ふる》えた。

「あなたに、わたしが作る砂糖菓子を見てほしい。十七年前に命を落とした、パパを含《ふく》めた大勢の人のために作るから、あなたに見てほしい。パパの代わりに、パパたちのための砂糖菓子を。だから、一緒に帰ろう」


愛した人間の墓を抱く妖精《ようせい》の姿に、シャルは、彼女に対する不快感や怒《いか》りが霞《かす》んでいくのを覚えた。

（こいつも人を愛した――そして残された）

自分もいつか彼女のように、愛した人の眠《ねむ》る場所でこんなふうに泣くのだろうかと、彼女と自分が重なった。

今すぐ、アンを抱きしめたくなったが、こらえた。

わかりきっている事実を胸に迫《せま》るほどありありと感じたとしても、この事実とともにシャルはアンと生きる決意をしたのだから、不意にその現実に耐《た》えがたいような気持ちになったからと、いちいち妻を抱きしめていては、滑稽《こっけい》だ。


ぼんやりとして、抜《ぬ》け殻《がら》のようになったフラウの手を引き、アンは駒鳥亭へと戻《もど》った。疲《つか》れ切った様子のフラウは、ベッドに横になるようにすすめると素直《すなお》に従った。彼女のことはローガンに任せ、アンはシャルとミスリルとともに、自分の部屋に入った。

昨夜は一睡《いっすい》もしていないので、そのまま仮眠《かみん》をとって、目が覚めると夕方だった。

ベッドの中から窓へ目を向けると、橙色《だいだいいろ》の光で窓枠《まどわく》が滲《にじ》むように光っている。くうくうと、近くでミスリルの寝息《ねいき》が聞こえる。一緒《いっしょ》のベッドに入ったミスリルは、まだ気持ち良さそうに、アンの頭の上辺りで大の字になっていた。

シャルは、窓辺の椅子《いす》にいる。腕組《うでぐ》みして目を閉じている。床《ゆか》に触《ふ》れる羽の色が落ち着いた青で、彼も、うとうと眠っているようだとわかった。

怠《だる》いとか眠いという感覚はないのだが、すぐに体を起こせないのは、自覚はないが心の疲れがあるのかもしれない。散々気持ちがゆすぶられたので、当然かもしれない。

毛布の中で、日数を指折り数える。

(鎮魂祭《ちんこん》まで――今日を入れて、あと六日)

しかし今、既《すで》に日が暮れかかっている。砂糖菓子を作るための日数は、実質四日あまりか。

もう一度目を閉じ、アンは心を落ち着ける。

砂糖菓子を作ろうとするとき、いつも、作りたい欲求《よっきゅう》と胸が弾《はず》むような嬉《うれ》しさを覚えて、作業にとりかかることが多い。しかし今、アンの心は不思議なほどに凪《な》いでいる。

凪いだ心に思いが浮《う》かぶ。

(作りたい)

瞼《まぶた》に浮かぶのは、エマの笑顔。ハリディの灰色の瞳《ひとみ》。フラウの涙。焼け焦《こ》げの残る、駒鳥亭の礎石《そせき》。兵士の指輪。

十七年前、多くの人が命を落とし、多くの人の運命が変わった。

(わたしたち家族の運命も変わって、当然、わたしの運命も変わった。コッセルのことがなければ、わたしは今とは違《ちが》う人生を歩んでた。今とは、違う――)

だったら、と思う。

(わたしはシャルやミスリル・リッド・ポッドに会えなかった、きっと)

悲劇があった。しかしだからといって、残された者の人生が全《すべ》て色をなくすことはない。その悲劇は灰色でも、必ず、多彩《たさい》な未来はある。

(わたしは作れる)

しっかりとした形が瞼に浮かび、アンはゆっくりと起き上がった。振動《しんどう》でミスリルが、うぅんと唸《うな》る。シャルの睫《まつげ》も震え、目を開き、こちらを見た。

「眠れたか?」

労《いたわ》ってくれる夫に、アンは頷いてベッドから出た。

「これから鎮魂祭のための砂糖菓子を、作ろうと思うの」

「作れそうなのか?」

「うん。フラウにも言ったけど、これはコッセルの人たちのためだけって訳じゃなくて。パパのため、ここで運命が変わった、ママとわたしのためでもあるから――相応《ふさわ》しいものを作る」

おもむろに、シャルは立ちあがってアンを抱き寄せた。

「シャル? なに?」

「なんでもない」

からかっている気配はなく、ただそうせずにはいられないというような、静かな渇望《かつぼう》のようなものを感じた。シャルが、なぜか不安がっているような気がして、アンは彼の背に手を回す。

軽く羽に触れると、ぴりっと震え、羽の先へ向けて淡い光が波のように広がった。

(シャル、どうしたのかな?)

彼がこんな様子なのは、珍《めずら》しい。それがまた愛《いと》しい気もする。

「時が惜《お》しい」

「え?」

「おまえとともにいられる時は、有限だ。時が流れるのは、惜しい」

はなから二人とも、二人が共有する時が有限だと知りながら結ばれた。今更《いまさら》のことなのだろうが、それをシャルがこうして口にして、惜しいと言ってもらえることが嬉しかった。そして同時に、こうして時を惜しむ夫の心には何かしら翳《かげ》りがあるはずなのだから、それを慰撫《いぶ》したい気持ちが大きくなる。

「止める方法はないものね」

囁《ささや》きながら、絹のようなさらりとした手触《てざわ》りの羽を優《やさ》しく撫《な》でると、さらに強く抱きしめられた。

「でもだから、今がとても大切で幸せだって思える。それって素敵なこと」

シャルは無言だった。

互《たが》いに、時を惜しむように、橙色の光のなかでしばらくそうしていた。もし許されるならばこのまま暗くなるまで、じっとしていても良いとアンは思ったし、シャルもそうだろう。

抱擁《ほうよう》の終わらせかたがわからなくなる頃《ころ》に、ベッドの方から、ミスリルが大きく寝返《ねがえ》りした気配がし、続けて「アン」と呼ぶ、寝ぼけ声が聞こえた。

はっとして、アンとシャルが同時に身を離《はな》すと、ミスリルはベッドの上に起き上がり、眠そうに目をこすりながらこちらを見やる。

「アン。起きてたのかよ。仕事は、もう始めちゃったか？　俺様も起こしてくれれば良いのに」

「だ、大丈夫《だいじょうぶ》！　わたしもさっき起きたばかりだから」

先ほどまで抱き合っていた気恥《きは》ずかしさもあり慌《あわ》てて言うと、ミスリルが不審《ふしん》げな顔をする。

「なんだよ、そんなマズいことしてたみたいに焦《あせ》って……っ！」

はっとしたように、ミスリルは目を見開くと立ちあがり、シャルを指さした。

「そうか！　アンとシャル・フェン・シャルのその不自然な距離《きょり》といい、なんにもないとこに突《つ》っ立っていることといい、さては二人とも、俺様が寝ている間に何かしてたな!?　くそぉっ、失敗した。アン、シャル・フェン・シャル、俺様のことはかまわず今すぐ続きをやってくれ」

額に手を当て、シャルは呻《うめ》く。

「……あいつを殺したい」

するとミスリルは、偉《えら》そうに顎《あご》をあげる。

「馬鹿《ばか》だなぁ、アンもシャル・フェン・シャルも。未来は有限なんだから、寸暇《すんか》を惜しんでお互い愛を確かめろ」

赤面していたアンだったが、それは一理あるかもと思う。

「そう、かも？」

「そうだろう！　そうだろう！　さぁ、俺様の目の前で、抱き合ってキスして、存分に」

「なぜ、おまえの前でやる必要がある！」

我慢《がまん》の限界だったらしく、早足にベッドに近づいたシャルが、ミスリルを摑《つか》もうとするが、その前に小妖精は跳《は》ねて、アンの肩《かた》に飛び乗った。ちっちっと、指を立てて舌を鳴らす。

「恥《は》ずかしがってるようじゃあ、まだまだだな。シャル・フェン・シャル」

「……貴様は……」

二人の様子に、アンは吹《ふ》き出す。

(これがわたしの家族)

シャルとミスリルと、アン。三人一緒にいられれば、これほど温かい気持ちになれて、一歩でも二歩でも、ぐんと前に進めるような気になってくる。

「わたし、寸暇を惜しむから、そのためにも仕事をはじめたい。手伝ってくれる？　ミスリル・リッド・ポッド」

「任せろ！」

「シャルも、一緒にいて。シャルとミスリル・リッド・ポッドと、二人がいてくれると、わたしはきっと、鎮魂祭の砂糖菓子《がし》をより素敵《すてき》なものにできる」

ミスリルが腕まくりする。

「まず初めに、なにをする？　アン」

「馬車から、銀砂糖の大樽《おおだる》を部屋に運び込んでほしい。それと、冷水を樽にいっぱい。その間にわたしは、道具や色粉を、作業しやすいように準備する」

シャルはミスリルに促《うなが》され、嫌《いや》な顔をしながらも、銀砂糖の樽を運び、冷水をくんでくれた。

日が落ちて室内が暗くなったので、シャルが気をきかせ、蠟燭《ろうそく》を数本、作業台代わりのテーブルが照らされるように、要所要所に置く。

石板の前に立ち、アンは一つ息をついた。

「間に合うかな？」

その呟《つぶや》きを耳にしたミスリルが、首を傾《かし》げる。

「作業期間は、五日もあるんだぞ？」

「うん、でも。すこし複雑なものを作ろうと思うから。作ったパーツを鎮魂祭《ちんこんさい》の前日に教会に運び込んで、組みあげないと。だとしたら搬入《はんにゅう》や組み立ての時間を考慮《こうりょ》して、造形に使える時間は、実質四日間しかない」

「何を作るつもりだ」

シャルの問いに、アンは力強く答えた。

「過去を嘆《なげ》いて死者を悼《いた》むような、祈《いの》りだけではなくて——死者にも生者にも、微笑《ほほえ》んでもらえるもの」

表情を引き締《し》めると器《うつわ》を手にとった。

(作ろう)

樽から銀砂糖をすくいあげ、石板にひろげ、水を加えた。

「ミスリル・リッド・ポッド。そこに出してある色粉の中から、黒をここへ持ってきて」

「黒だけか？」

「うん。最初は、それだけが必要なの」

練りながら答えた。

最初は、灰色だけが必要だった。しかも光沢《こうたく》などなくて良い。練りを加減して、光沢のない灰色にする必要がある。

(ハリディ教父の瞳《ひとみ》の色みたいな、灰色)

ハリディから話を聞いたとき、悲劇を語ったハリディの光を失った灰色の瞳が強く印象に残っていた。彼の口から聞かされた悲劇は、灰色の映像になってアンの中で像を結んだ。

(フラウが指輪を通して、パパの最期を話してくれたときも、同じだった)

あのときも、話を聞きながら、ぼんやりと想像できたのは灰色の景色ばかりだった。哀《かな》しみの色で覆《おお》われ、色を奪《うば》われた景色。祈り以外の形を作れないと言ったワッツの中にある景色も、きっとこんな色なのだ。

それが、今、アンが作ろうとしている砂糖菓子の核《かく》となる。

真夜中過ぎに、いったんアンは作業を中断して眠《ねむ》った。

翌日は早朝から作業に入り、夜までぶっ通しで銀砂糖を練り、形を作っていった。

ミスリルには細々《こまごま》とした作業を手伝ってもらった。

シャルには午前中、ヘインズの貸し馬車屋に出向いてもらい、十七年前の馬の代金の支払《しはら》いを頼《たの》んだ。いつまでかかるかわからないと思っていたので、旅に出るとき、いつもよりも多めにお金を持参していたため、なんとか支払えた。宿代や食事代はかさんでいるが、鎮魂祭の仕事で宿代は充分《じゅうぶん》払えるはずだった。

さらに午後には、別室にいるローガンとフラウの様子を見に行ってもらった。するとシャルが、肩身《かたみ》が狭《せま》そうに背中を丸めたローガンを部屋に連れてきた。

「おまえに、話があるそうだ」

アンはいったん作業の手を止めた。

「話って、なに？」

「いや、あの。僕はそろそろ、おいとましようかと思って」

いきなり言われて面食《めんく》らったが、続く言葉を聞いて納得《なっとく》した。

「僕は君のパパじゃないと、はっきりした。それどころか、昔君たち一家に大変な迷惑《めいわく》をかけたらしい。はっきりいって、君に合わせる顔がない。ここにいたら宿代もかかる。君がここの宿代を、前払いしているんだろう？　僕、一人分でも浮《う》いたら助かるだろう。十七年前に僕が騙《だま》しとった馬の代金も、君は払ってくれたんだよね？　その代金や君たちに世話になった間の費用も含《ふく》め、働いて返すから」

「でも、働き口は決まってないのよね？」

「働き口は探すよ。君たちの家は知ってるから、まとまったお金が手に入ったら、君たち宛《あ》てに送って」

アンは、少し考えてから訊《き》いた。

「フラウの様子はどう？」

突然《とつぜん》問われ、ローガンは首を傾げる。

「フラウ？　あ、彼女は、ずっとベッドの中で。ぼんやりしてて……可哀相《かわいそう》だ……」

「話しかけたら返事してくれる？」

「相づちくらいは、返してくれるけど。食事もとってくれないし」

しばし考えて、アンは顔をあげた。

「うん。なら、まとまったお金ができたら返すなんて、先のことにしないで欲しいの。今、返してもらえると、ありがたい」

「今？　でも僕はお金が……」

「今よ。わたし、パパが大切にしていた友だちのフラウに、砂糖菓子を見せたい。だから弱ってる彼女につきっきりで、彼女の様子を見てくれる人が欲しい。彼女の看病を、あなたにお願いしたい。それに三日後には砂糖菓子を教会へ運ぶ予定なの。その時に人手があれば、助かる。それらのことを手伝ってくれるなら、今までの費用も馬代も、ちゃらにする」

「それじゃ、あまりにも君たちが損だ」

「損じゃない。今、フラウが一緒《いっしょ》にいて嫌がらない相手は、限られている。ローガンにしか頼めない仕事だから、断られたら困っちゃうもの」

困惑《こんわく》したようにローガンはしばし黙《だま》ったが、結局、ぽつりと返事した。

「君の頼みなら断らない」

「じゃあ、お願い」

わかったよと、申し訳なさそうに応じたローガンは、部屋から出て行こうとして、その直前に足を止めてふり返った。

「アン。君はフラウに騙されていたのに、なぜフラウを気遣《きづか》うんだい。腹が立たないのかい」

「ローガンだって、フラウに騙されてたでしょう？　腹が立たない？　可哀相って、言ってたけど」

質問を質問で返され、ローガンは戸惑《とまど》ったような目で応じてくれた。

「フラウは自分の目的のために必死で僕を騙したけど、悪意があったわけじゃない。それに僕は騙されて、それで色々気持ちは乱れたけど、嫌なことはなかったんだ。君たちにも会えたし」

「わたしも、一緒。騙されたけれど、結局フラウはわたしたちに悪意があったわけでもなく、ひどいことをされたのでもない。パパのことも知れた。腹を立てるほどじゃない」

「そうか。わかった。フラウを見ているよ」

微笑み、ローガンは出て行った。

アンは作業に戻《もど》った。

その日できあがったのは、アンの膝《ひざ》の高さほどの、コッセル教会。ただし——崩《くず》れた石の壁《かべ》の一部と、礎石《そせき》の部分だけだ。そして薄《うす》い羽に透《す》かし彫《ぼ》りをいれた、灰色一色の蝶《ちょう》の羽が二枚。


翌日から、ミスリルに頼んで、多くの色粉を作業台に並べてもらった。

今日からの練りは、時間がかかる。昨日までと違《ちが》って練りを丹念《たんねん》にし、艶《つや》を出す必要がある。最高に明るい艶が欲しかった。随分《ずいぶん》もどってきた自分の感覚と、決まった手順として成立している練りの回数をあわせて、適切に練って艶を出す。

必要な色は、多い。赤、青、紫《むらさき》、黄。それらの濃《こ》いものから薄いものまで、ほとんど全《すべ》ての色粉を並べるほど、色を使う。

ただ最初だけは、昨日と同じ手順の練りをする。光沢の少ない、灰色の銀砂糖を練る。そして次に、それよりも多少灰色を薄く、そして艶を少し増した銀砂糖を練る。その次にはさらに明るく、ほとんど白に近い灰色で、かなり艶のあるもの。

その三つを作り終えると、それを右から左へ、濃い順に並べて、棒で延ばし、つなげて、灰から白へ、艶のないものから艶のあるものへと変わるグラデーションを作る。

「よし」

アンはにっこりして、切り出しナイフを手に取った。蝶の羽の形に切り出し、透かし彫りの模様を刻む。

灰から白のグラデーションになった銀砂糖を、幾《いく》つも練って、切り出し、形にした。

次には純白から、様々な色へと変化するグラデーションの塊《かたまり》を作り、切り出し、形にする。

銀砂糖に色をつけ、艶を出していくと、気持ちが浮き立ってくる。

初日と翌日の二日間、灰色の銀砂糖を練り、形にしていたときは、ただ、ひたすら、端正《たんせい》にと思っていた。自分でも驚《おどろ》くほどに、黙々《もくもく》と集中はできた。

灰色にこめるのは様々な複雑な感情で、気持ちは浮き立たなかった。

しかし三日目は、色と艶に触発《しょくはつ》され、気持ちが変わる。明るくなる。心の何処《どこ》かから、光が生まれるような気がする。色彩《しきさい》や光は、人の心を朗らかにする。

様々な色を使うために、アンが色粉の瓶《びん》をあれこれ要求したので、ミスリルはきびきびと動き回っていた。彼の動きや表情も明るくなっている気がした。見守るシャルの視線も——温かい。

作業は同じように翌日も続けたが、色が多く、造形が複雑なので、予定の三分の一しか形になっていなかった。

昼には、ローガンがフラウの様子を知らせに来た。ベッドから出ないし、食事もとらないらしい。小さな砂糖菓子《がし》を作ってローガンに託《たく》したが、結局フラウはそれも食べてくれなかった。

しかしそれ以上、フラウにかまけている暇《ひま》も、ゆっくりと自分が食事をしている暇もアンにはなかった。ミスリルに頼《たの》んで、食堂から簡単な食事を運んでもらい、作業の合間に食べた。

(明日には、教会に運び込む手筈《てはず》なのに)

シャルは午後から、アンに頼まれて教会へ出向いている。明日から砂糖菓子の搬入《はんにゅう》と組み立てをしたいと、マクレガンに相談に行ってもらったのだ。ついでにその帰り道には、ワッツを訪ねてもらうようにもお願いしている。

教会への搬入後に、ワッツにも作業を手伝って欲しいと伝言をしてもらうためだった。この仕事はもともとワッツが請《う》け負っていたもの。しかも彼は十七年前の戦禍《せんか》を体験しており、鎮《ちん》魂《こん》の思いも強いはずなのだ。だからこそ手伝ってもらうべきだった。

「なぁ、アン。明日、間に合うのか?」

アンに小さなナイフを渡《わた》しながら、ミスリルが心配げな顔をして、部屋の床《ゆか》に並べられた砂糖菓子たちへ目を向ける。革《かわ》の布の上に並べられているそれらを組みあげて一つの形にする予定だったが――まだ、足りないものが沢山《たくさん》あった。

「大丈夫《だいじょうぶ》。作るから」

「でも」

「鎮魂祭は明後日《あさって》だもの。意地でも、間に合わせるから」

力強く頷《うなず》いて作業を続けた。

シャルが部屋に戻っても、夕食の時間になっても、作業は終わらなかった。

あと、少しだった。

部屋が暗くなると、ミスリルとシャルが蠟燭《ろうそく》に火をともしてくれたが、それにも気づかないほど集中して作り続けた。疲労感《ひろうかん》は大きかったが、楽しかった。銀砂糖の艶と色が、形にしろとアンを促《うなが》す。

促されると形が見える。指先が動く。

休みなく作業は続いた。

真夜中過ぎ、作業台の端《はじ》っこで船を漕《こ》いでいたミスリルが、転げ落ちそうになったのを、アンは咄嗟《とっさ》に受け止めた。その衝撃《しょうげき》でも起きないので、ミスリルもかなり疲《つか》れているのだろう。

起こさないようにそっとベッドにおろし、自分は作業に戻る。

シャルは窓辺に座っている。彼は特に口出しをすることはなかったが、ちらりとアンを見やって訊《き》く。

「できるのか？　優秀《ゆうしゅう》な助手が脱落《だつらく》したが」

アンは微笑《ほほえ》む。

「うん。もうすぐできる。大丈夫」

残るのは、細かな作業だけだった。

揺《ゆ》れる蠟燭の炎《ほのお》の陰影《いんえい》で目をしょぼつかせながら、細い切り出しナイフで、アンは蝶の羽に模様を彫《ほ》りこんでいた。蝶の羽は、柔《やわ》らかな黄と白のグラデーション。日射《ひざ》しを吸い込んだような、明るい色にしたかった。そしてそんな色に仕上がっていた。

蝶の羽を幾つも彫り、石板の上に並べ、ふっと顔をあげる。

床の革布の上に並べられた、灰色と色とりどりの砂糖菓子をざっと見て、頷く。

「全部、そろった」

シャルが近づいてくる。

「完成か？」

「あとひと息。明日、教会で組みあげて、形にして……完成」

立ちあがった拍子《ひょうし》によろけ、シャルに支えられた。

「あ、ごめん。ありがと……っ⁉」

礼を言いかけると、抱《だ》き上げられた。

「えっ、シャル」

「褒美《ほうび》だ」

彼はそのままアンをベッドに連れて行き、横たえ、額に軽く口づけしてくれた。

「眠《ねむ》れ。日が昇《のぼ》ったら起こしてやる」


翌朝、日が昇ると、シャルは約束通りアンを起こしてくれた。

アンは寝入《ねい》っているミスリルと、隣《となり》の部屋で寝ているローガンも起こした。できあがった砂糖菓子を駒鳥亭《こまどりてい》から運び出し、箱形馬車に積み、教会へ向かう。

事前に伝えてあったので、マクレガンが既《すで》に教会の扉《とびら》を開いて待ち受けてくれていた。そしてワッツも、待っていた。彼は夜明け前には教会に来ていたらしい。

アンたちとともに、ワッツも砂糖菓子を運び込む作業に加わった。

次々に運び込まれる砂糖菓子を見て、マクレガンは首を傾《かし》げた。

「色々、ありますね。けれど、ばらばらな感じで……これが一つの砂糖菓子になるのですか？」

「見ててください」

額の汗《あせ》を拭《ぬぐ》いながら応じると、アンは教会の中を見回す。そして事前にここと決めておいた場所を遠目に見て、頷く。

「うん。光の具合も、良い。暗くなったら蠟燭の位置を工夫すれば、綺麗《きれい》に見える」

運び込まれた砂糖菓子を、一つ一つじっくり見ていたワッツが、顔をあげてこちらをふり返る。

「なんとなく、あんたのしたいことがわかった気がする」

さすがはエリオットたちと修業《しゅぎょう》したペイジ工房《こうぼう》派の職人だと、アンは頼《たの》もしく感じた。

「手伝ってもらえますか、ワッツさん」

「任せろ」

と言いながら、ワッツは腕《うで》まくりをはじめた。

早朝からの労働で疲れ、礼拝の椅子《いす》にへたり込んでいるローガンにアンはふり返った。

「ありがとう、ローガン。駒鳥亭に帰って、またフラウを見ていてほしいの。砂糖菓子の完成は多分……今日の夜遅《おそ》くになると思うから。明日の朝、日の出とともにフラウと一緒《いっしょ》に教会に来て砂糖菓子を見てほしい」

「フラウは、来てくれるかな」

自信なさそうにローガンが呟《つぶや》いたが、アンは微笑む。

「パパの代わりに見てほしいってアンが言ってるって、そう伝えて。わたしがフラウを迎《むか》えに行くから」

「やってみる」と応じて教会を出るローガンの背中を見送りながら、ミスリルは礼拝席の背もたれの上で渋《しぶ》い顔をする。

「アンが迎えに行っても、来るかなぁ、フラウの奴《やつ》」

それにアンが答える前に、シャルが応じた。

「来るだろう。ギルバートの代わりと言われれば、来ることが、ギルバートのためになるような気がする。しかもそれを要求するのは、ギルバートの娘《むすめ》だ」

「死んじゃった奴のために来るか？」

懐疑《かいぎ》的なミスリルに、シャルはきっぱりと言った。

「俺ならば行く」

迷いない答えを聞いて、アンは胸が痺《しび》れるような嬉《うれ》しさを覚えた。

（シャルは、わたしをとても愛してくれてる）

その愛は強い。フラウがギルバートに抱《いだ》いた愛も同じだろう。

フラウにとってギルバートは、彼女の全《すべ》てと言ってもいいかもしれない、とアンには思える。

自分から別離《べつり》を選択《せんたく》したにもかかわらず、会いたくて、何年も、何年も捜《さが》し。死んでいると知っても、それならば彼の眠る場所を知りたいと必死になっていた。

彼女の中はギルバートの存在でいっぱいで、彼が死んだとしても、それはすぐさま消えるものではない。少しでも彼にかかわるもの、彼につながるものを、心が求め続けているはずなのだ。だとしたら「ギルバートの代わりに」と告げられたら、きっと無視できない。

フラウの愛は強い愛だと、アンは感じる。

（この砂糖菓子《がし》を、形にしたい。見た人全てが——幸福な未来を感じるために）

表情を引き締《し》め、アンは未《いま》だ形になっていない砂糖菓子をふり返った。

「仕事をはじめる」

厳《おごそ》かに宣言した。

七章　全てが、ずっと、幸せに

砂糖菓子を置く場所は、教会の中央。左右の窓には色ガラスなど入っていないので、素直《すなお》な明るい光が射《さ》しこむ。前後左右から、砂糖菓子が均等に照らされるのが好ましい。

マクレガンと教父見習い、シャルとアンの手で、中央の礼拝席が三列分取り払《はら》われた。

礼拝席は十字の通路で分けられ、十字の通路の真ん中に砂糖菓子が位置する格好だった。木の床《ゆか》に膝《ひざ》の高さの台を置き、石板を並べ、その上に砂糖菓子を組みあげていく。

最初に、中央に灰色の砂糖菓子を組む。

ある程度の形にしていた灰色の砂糖菓子を、位置を調整しながら中央に据《す》えた。

「ワッツさん、灰色の砂糖菓子を石板の周囲に持ってきてもらえますか？」

「これだな」

と、ワッツは迷いなく動く。

灰色の砂糖菓子は、大小取り混ぜて幾《いく》つもあった。それを運んでもらっている間に、器《うつわ》に入れた銀砂糖に冷水を加え、ゆるく練って準備した。それを使って運ばれてきたそれぞれの砂糖菓子を、形になるように組みあげる。

砂糖菓子が形になっていくのを見ながら、シャルが訊《き》く。

「これは、コッセル教会か？」

「うん、そう」

手を動かし続けながら、アンは頷《うなず》く。

透《す》かし彫《ぼ》りを施《ほどこ》した、蝶《ちょう》の羽の砂糖菓子を手渡《てわた》しながら、ミスリルが渋い顔をする。

「でも、これさ。石積みの部分だけじゃないか？　灰色だし。なんか、寂《さみ》しいな……」

「それでいいの」

中央に作っているのは、両掌《てのひら》に載《の》る程度のコッセル教会だった。猫《ねこ》の背の高さほどしかないその教会は、灰色一色で、石積みの部分しか作っていないので、扉や窓枠《まどわく》や、屋根などはない。灰色の廃墟《はいきょ》のような佇まいで、ミスリルが言うように寂しげなのだ。

その寂しげな教会の壁《かべ》の上に、灰色の蝶をつけた。大きさはアンの掌の半分。おもちゃの建物にふと止まって、羽を休めた大きな蝶といったふうに見えた。

ただ蝶は、まるで実在しない寂しげな幻《まぼろし》のような、灰色。

「でも、ここから変わるから」

運び込んだ残りの砂糖菓子に目をやって、力強く告げた。シャルとミスリルがアンの視線を追ったので、頼《たの》んだ。

「今度は、そっちにまとめてある、灰色から徐々《じょじょ》に色が変わっていく砂糖菓子を、こっちへ運んでほしい」

「おうっ！」

と、ミスリルが元気よく応じ、シャルも無言で動き出す。

「ワッツさんは、わたしと一緒にこれを組みあげる作業をお願いします」

近くに運ばれてくるグラデーションの砂糖菓子を一つ手に取り、ワッツは呟く。

「色が変わっていくんだな……」

アンは頷いた。

「はい」

「時間とともに、か？」

その言葉で、的確にワッツが砂糖菓子の形の意味を理解しているとわかり、アンは笑顔《えがお》になった。

「はい！」

ワッツは、ふっと微笑《ほほえ》んだ。

「わかった。手伝う」

作業は真夜中までおよんだが、それがかえって都合が良かった。昼間の光だけではなく、蠟《ろう》燭《そく》をともした時に、どの位置に蠟燭を置けば砂糖菓子が映《は》えるかを確認《かくにん》できたからだ。

駒鳥亭《こまどりてい》で作った様々な形を、壊《こわ》さないようにそろりとあつかいながら、つなげて、組みあげていく。バランスをとり、一つのまとまった形に作りあげる。

（コッセルの町の人たちのために）

手を動かし続けていると、様々な思いが浮《う》かぶ。

ハリディやマクレガン、ギルドの長《おさ》たちに、ワッツ。ローガンの指輪を持ってきた、あの男にしろ——町の人たちは十七年経《た》ってもまだ過去を忘れられないし、また忘れてはならないと思っているのだろう。その人たちの心を形にしたかった。

（そして、ここで亡《な》くなったパパのために。パパを失ったママとフラウのために。わたしのために）


アン自身の心もまた、この砂糖菓子の形にした——。

作業が終わったのは、夜明け前だった。アンは完成の直後、疲労《ひろう》のため倒《たお》れるようにして礼拝席に横になり、すぐに寝息《ねいき》をたてはじめた。ミスリルも同様で、アンにより添《そ》って丸まっている。ワッツも椅子《いす》に腰掛《こしか》け腕組《うでぐ》みし、眠《ねむ》り込んでいる。

揺《ゆ》らめく蠟燭の光に照らされる砂糖菓子《がし》を、シャルは見つめていた。

(これは——これが、アンの心か)

アンの思いが、砂糖菓子を目にすると手に取るようにわかった。

(そうか、アン。おまえは、そう思っているのか)

シャルは微笑んでいた。

(別離《べつり》を恐《おそ》れる必要はないな)

砂糖菓子を通して、微笑みながらアンに優《やさ》しく諭《さと》されている気がした。

少し眠った後、アンたちはフラウとローガンを迎《むか》えに駒鳥亭へ戻《もど》った。部屋を訪ねると、困ったような表情のローガンが顔を出した。フラウは目覚めているが、教会へ行こうと促《うなが》しても起き上がってくれないらしい。

フラウは出入り口から顔を背《そむ》けて、横になっていた。

「フラウ。砂糖菓子が完成したの。コッセルの町の人たちのために、十七年前にこの地で亡くなったパパのために、作った砂糖菓子なの。あなたにも見てほしい」

ベッドの脇《わき》にアンは膝をついたが、フラウは金の瞳《ひとみ》をそらす。表情にも、毛布の下からはみ出ている羽にも力がない。

「せっかくアンもこう言ってるんだ。フラウ・フル・フラン。見に行こう」

ミスリルがアンの肩《かた》の上から身を乗り出すが、フラウの表情は動かない。彼女の心が、ギルバートの眠る場所に留《とど》まってしまい、今、この場所に、心がないように見えた。

ずっと食事もとらず、ただ横になっているのは、何かを待っているとしか思えない。

（フラウが待っているのは……死……？）

ギルバートの眠る場所の近くで、彼女はそれを望んでいるのかもしれない。

（そんなことさせない）

アンは拳《こぶし》を握《にぎ》り、フラウの顔を覗《のぞ》き込む。

「フラウ。一緒《いっしょ》に来て欲しいの。パパの代わりに見てほしいの、わたしの砂糖菓子」

わずかに、金の瞳が揺れた。細い声が繰《く》り返す。

「代わり。ギルバートの」

「そう」

しかし再び金の瞳が虚《うつ》ろになる。

「ギルバートの代わりをしたって……ギルバートはもう……」

壁際《かべぎわ》にいたシャルが、不意に動いてアンの傍《かたわ》らに立った。どうしたのかと見あげると、彼はフラウを睨《ね》めつけていた。

「フラウ。おまえは、おまえのなかにあるギルバートを殺すぞ」

言うなり、力なく毛布の上に投げ出されているフラウの手を摑《つか》み、無理に引き起こした。

「シャル!?」

乱暴な行動にもびっくりしたが、それ以上に、シャルがフラウに触《ふ》れたのに驚愕《きょうがく》した。

(あんなに嫌《いや》がっていたのに、触れるのを)

目を見開くフラウに、シャルは苛立《いらだ》ったように告げる。

「おまえが消えれば、おまえのなかにあるギルバートの存在も消える。その男がどんな男だったか、語れるのはおまえだけのはずだ。だからこそアンは、ギルバートの娘《むすめ》は、おまえに、ギルバートの代わりに砂糖菓子を見ろと言っている。この世界からギルバート本人を知って語れる存在が消えるということは、彼が生きていた証《あかし》の一つを消すことと同義だ。それがおまえは、惜《お》しくはないのか。俺ならばそれを惜しむ」

アンは、はっとした。

(そうか。シャルは、時々そんなことを考えているんだ、きっと)

アンとシャルの寿命《じゅみょう》が違《ちが》うのは、わかりきっている。おそらくシャルよりもアンの方がこの世から消えるのが早い。それをシャルは時々考えてしまうに違いないと思う。なぜなら、アンも同じだからだ。

その時——一人自分が残される時が来たら、と。

そしてそれを想像したシャルが、フラウに告げた言葉が彼の考えなのだろう。たとえ一人残されても、自分を損《そこ》なえば自分の中にある伴侶《はんりょ》の面影《おもかげ》まで消えてなくなる。なにひとつ損なないたくない伴侶なのだから、その存在が消えても、自分の中にある面影だけは大切に護《まも》り、生き続けたい、と。

(嬉《うれ》しい)

胸に喜びがわく。自分がシャルの立場でも、きっとそうすると思う。

そして——。

「フラウ」

アンはフラウの肩に触れる。

「もしわたしがパパだったら——自分の存在を消さないで、ずっと生きてくれるほうが嬉しい。自分を好きでいてくれた人が、幸せで生きてくれたら嬉しい。わたしは、そう。パパも同じだと思う。自分が消えたからってあなたも一緒に消えてしまったら、すごく哀《かな》しむ」

シャルがアンを見やる。

視線が合うと、互《たが》いの気持ちが一つになったように通じているのがわかった。

アンとシャルを見て、フラウは何か言いたそうにわずかに口を開きかけたが、言葉にはならないようだった。

「行くぞ」

力を込めてシャルが手を引くと、フラウの体はそれに導かれるようにふらりとベッドから降りた。

「連れてこい」

肩を押し、フラウをローガンの方へ歩かせると、シャルは先に部屋を出る。アンとミスリルも彼に続き、そしてローガンに手を引かれたフラウも部屋から出てきた。

フラウを馬車に乗せて教会に到着《とうちゃく》すると、太陽が明るく教会の屋根を照らしていた。さらにマクレガンが教会の出入り口にいて、教父見習いたちと何事か話し合っている。アンの操《あやつ》る馬車の姿を認めると、早足で駆《か》け寄ってきた。

「ハルフォードさん。教会の中、砂糖菓子を見ましたよ。できあがったんですね」

手綱《たづな》を引いて、アンは馬車を止めて御者台《ぎょしゃだい》からおりた。馬で随行《ずいこう》してきたシャルとローガンも、立ち止まり、馬を引いて教会脇にある横木に馬を繋《つな》ぎに行く。

「お待たせしましたが、できあがりました。皆《みな》さんに見て頂けます」

アンが答えると、マクレガンの顔がほころぶ。

「素敵《すてき》な砂糖菓子です。あれを見て、苦しいだけの気分にはなりません。なんというか――、確かに心の隅《すみ》では苦しいのですが、同時にほっとした気持ちになれます。ありがとうございます」

手を差し出されたので、アンはそれを握り返す。握った掌《てのひら》から、温かい感謝の念がじわりと伝わってきた。

アンの顔も思わずほころぶ。

「よかったです。お気に召《め》していただけて」

マクレガンの望みが叶《かな》えられたことが、嬉しかった。

「ハリディ教父を呼んできて、良いですかね？　あの人にも、見てもらいたい。直接は見えないですが、わたしが、あの人の目になって見せてあげたい」

「どうぞ。町の方々も、教会に入って祈《いの》りを捧《ささ》げてもらって問題ありません」

「では、祈りの始まりの鐘《かね》を鳴らしましょう」

マクレガンは教父見習いたちの所へ戻り、何事か指示した。見習いたちは駆け出し、マクレガンも早足でハリディの家へ続く道へと向かっていく。

「人が多くなる前に行こう、フラウ」

御者台に座ったままのフラウに手を差し出すと、彼女はそれを握り、地面におりる。アンの肩の上で、ミスリルが呆《あき》れたような声を出す。

「お姫様《ひめさま》みたいだなぁ、フラウ・フル・フラン。アンがさしずめ、王子様か」

思わず、アンは小さく笑う。

「悪くないね、それも」

もし、と思う。フラウがアンの瞳にギルバートの面影を見てくれているならば、アンがフラウをこうして導くのは、意味のあることなのかもしれない。

教会の中に踏《ふ》み込むと、なぜか外より明るく感じられた。

窓から射《さ》しこむ光が、窓枠《まどわく》や礼拝席、天井《てんじょう》の白っぽい木目にあたってより白く見せているからだ。ありがちな荘厳《そうごん》な教会らしくはないが、明るく、柔《やわ》らかな光に満ちていた。

教会の中にいたのは、ワッツだけだった。ワッツは礼拝用の椅子《いす》に、疲《つか》れたように腰《こし》掛《か》けて、教会の中央をただ見つめている。

ワッツの視線の先にあるのは砂糖菓子《がし》だ。

砂糖菓子は石板の上に幾《いく》つも集められ、それらが一つの形をなしていた。周囲に立って少しだけ視線をさげれば、自然と砂糖菓子の全体を見渡《みわた》せた。

フラウの手を引いて、アンは砂糖菓子へ近づく。

「フラウ。見て。わたしが作った砂糖菓子。コッセルの町の人たちのためと、パパと、ママと、フラウ、そしてわたしのために作ったの」

砂糖菓子の中心には、小さな灰色の教会がある。石積みの部分のみで、扉《とびら》も窓枠も天井も鐘《しょう》楼《ろう》もない。しかし形は間違いなくこのコッセル教会。艶《つや》もない灰色の礎石《そせき》と壁《かべ》が、廃墟《はいきょ》のように立っている。

その廃墟のような教会の上には、灰色の蝶《ちょう》が一匹《ぴき》とまっていた。

コッセル教会は十七年前の戦禍《せんか》で被害《ひがい》を受け、町の他《ほか》の建物と同じく、木造の部分は失われた。だからその失われた部分は失われたまま、形にした。灰色は戦禍の記憶《きおく》。ハリディの瞳《ひとみ》の色だ。アンはハリディの哀しい瞳の色に、過去を見た。

起こったことに対する様々な感情が、灰色に塗《ぬ》り込められているような教会の姿。そこに灰色の蝶。これがかつてコッセルを、アンの一家を襲《おそ》った現実で、忘れてはならないこと。

しかし——それだけではなかった。

教会に手を伸《の》ばす、子ども——七歳くらいの、見つめ合う少年と少女の姿が砂糖菓子で作られ、二人の子どもはおもちゃのような小さな灰色の教会に手を伸ばしている。

さらに子どもだけではなく、若い女、小さな妖精《ようせい》、腰の曲がった老人。働き盛りの男。四つの砂糖菓子があった。大きさはそれぞれ、アンの腰の高さから胸の高さまで、まちまち。

人の形の砂糖菓子は、互いを見つめ合っていたり、天を仰《あお》いでいたり、灰色の小さな教会を見おろしていたり、ふり向いてどこか遠くを見ていたりする。

彼らの一方の手だけは教会の方へ差し出され、指先から肘《ひじ》あたりまでは、教会と同じ灰色に染まっている。

ただ灰色の教会に差し出された一方の腕《うで》の、肘から上はグラデーションになり、徐々《じょじょ》に色が浮《う》かんできている。

灰色の教会を中心に、色をなくした灰色の世界が広がっているのに、それはある一定の範囲《はんい》を超《こ》えると薄《うす》れ、世界は色を取り戻《もど》している――そんなふうに見えた。

人々の上衣《うわぎ》の色、髪《かみ》の色、肌《はだ》の色。それらは実際の布の色や、髪や肌よりも、はっきりと鮮《あざ》やかな色で、艶《つや》やか。現実以上に明るく、より活力に満ちている。

顔は、はっきりとしていない。

それは、様々な人の思いがその顔に浮かぶようにと願った結果だった。

ただ口元だけは微笑《ほほえ》みをたたえているように、作り込んだ。

人の砂糖菓子の足もとには、秋の実りの果物が、赤や紫《むらさき》、黄の色で、山と積まれている。これもまた自然にはない、鮮やかな色で、作りものめいた艶。

教会に止まっている蝶と同じ形の蝶が、少年の砂糖菓子の腕に止まっている。その蝶は、教会に近い羽の半分が灰色だったが、残りの部分は、まるで生まれ変わるかのようにじんわりと鮮やかな黄の色になっていた。

秋の果物の山にも、人の形をした砂糖菓子の、肩《かた》や頭、腕に。ところどころに蝶がいて、それらは日の光を集めたような、輝《かがや》く黄。

様々なものが寄り集まり、一つの砂糖菓子としてまとまっていた。

「あったことは、忘れられないし、忘れてはいけないと思う。しっかりと覚えていて、胸に刻んで、悼《いた》む心を忘れないで。でも――」

アンは、灰色から鮮やかな黄へ、色を変える蝶の羽に目をやった。

「それを覚えていながら、みんな生きていかなくちゃならなくて。そして生きていくことが、亡《な》くなった人たちを慰《なぐさ》めることになるんじゃないかなって」

灰色の記憶を中心に、それでも今生きている者が、今を鮮やかに彩《いろど》りながら生きていければ、それは辛《つら》い過去への鎮魂《ちんこん》にもなり、また命を落とした人たちにも、微笑んでもらえるのではないか。

もし、ハリディがずっと悲しみに暮れ続けていたら、彼が育てた子どもたちは、天国で哀《かな》しみそうだ。ハリディとともに生きた時間が、彼の口から聞くだけで、鮮やかにアンの心に浮かぶほどに生き生きと楽しげだったから、なおのこと子どもたちは、ハリディが灰色に塗り込められたままであれば、哀しむ。

そしてアンの父親、ギルバートも。彼を心から慕《した》ってくれたフラウが、彼の死を知って生きる気力をなくしたら哀しむだろう。

アンも、もし遠い未来にシャルを置いて消えてしまったとき、彼が悲嘆《ひたん》の灰色のなかにだけ生きていたら、哀しい。哀しくとも、アンの面影《おもかげ》を抱《だ》いて、その時の彼なりに鮮やかな色彩《しきさい》の中で生きてくれていたら、アンは嬉《うれ》しい。

ミスリルがアンの肩から飛び降り、砂糖菓子に近寄った。じっと見あげて、感慨《かんがい》深げに呟《つぶや》く。

「俺様も、自分が消えちゃうんじゃないかなって、思った経験があるんだよな」

独り言のようだったが、呆然《ぼうぜん》としているフラウに向けて言ったような気もした。

「そんとき、俺様が一番に思ったのが、アンやシャル・フェン・シャルの奴《やつ》が、哀しまなきゃいいなってことだった」

ワッツが、ぼんやり口にしたのが聞こえた。

「祈りの形だけじゃ足りないって意味が、これか……」

しばし間を置いて続いた言葉は、しかし力強かった。

「来年は俺が作る。もっと別の祈りと希望の形を」

独り言らしかったが、それには決意と熱意がこもっていた。

かつての苦しい出来事は、終わったことだ。だから苦しまないでいいと、砂糖菓子は伝えていた。しかし同時に、苦しまなくてもいいが忘れないでほしいとも。その二つは矛盾《むじゅん》しているようにも思えるが、できることなのだ。

苦しむだけではなく先へ、未来へ、明るい方へ目を向けて歩く。後ろに、重い影《かげ》があると知りつつ、それを忘れず。しかしだからこそ、明るい方向にある幸せがどれほど大切かを知れる。

中心の灰色から色を取り戻していく砂糖菓子は、見る者にそう語りかけていた。

シャルとローガンが、教会の中に入ってきた。

「これは……生き生きしてるね。この砂糖菓子」

ローガンが目を細める。

「……逞《たくま》しく見える、俺には」

シャルが、アンの背後で呟く。

鎮魂の思いを忘れず抱《かか》え続け、それでも生き生きと、逞しく。そう願って作った砂糖菓子だ。彼らの言葉に、アンは顔がほころぶ。

不意に、鐘《かね》が、頭上から鳴り響《ひび》いた。

鎮魂祭の祈《いの》りが開始された合図を、教父見習いが鳴らしたのだ。

澄《す》んだ音で響く鐘の音。

「……わたし」

フラウが、口を開いた。

「わたし、ギルバートを愛してた。この世の誰《だれ》より、何より、愛してた。彼のいない世界なんて、苦しくて哀しいだけで……」

アンは囁《ささや》く。

「でもあなたの中には、パパの姿がある。わたし、あなた以外から、本当のパパのことを聞けないの」

だぶだぶの男物の上衣を身につけているフラウの指は、袖口《そでぐち》からわずかに出ている。その指を曲げ、フラウは袖口を摑《つか》む。

「この上衣、ギルバートがくれた」

「え？」

「はじめて、会ったとき。助けてくれたとき、わたし、ドレスがボロボロだったから、自分の上衣を着せかけてくれた。返そうと思ったけど、気に入ったならあげるって、言ってくれた」

「そうだったの？」

フラウの上衣は、だぶだぶでボロボロの男物。三十年近くも着続けていれば、そうなるだろう。それでもフラウはそれを着続けるほどに、ギルバートを愛していた。それほどまでに愛される、素敵《すてき》な男性だったのだろう。

「大好きだったの。今も、大好きなの」

袖口を掴むフラウの指に力がこもる。

記憶にすらない父親、ギルバート・ハルフォードの輪郭《りんかく》が、フラウの言葉で、アンの中で鮮《せん》明《めい》になる。

「フラウ。あなたがいてくれて、嬉しい。あなたがいてくれるかぎり、わたしはパパに、あなたを通して会える。あなたは、あなたの中にずっとパパがいてくれる。わたしの中に、ママがずっといてくれるみたいに」

金の瞳《ひとみ》がきらきらと強く輝いた。

「だから、パパのために、ずっと、こうしてパパのことをいっぱい聞かせ続けて。パパに会いたくなったら、わたしはあなたに会いに行く」

不気味にさえ見えていたフラウの瞳が、まるで日の光を吸い込んだように明るく、美しく見えたのは、瞳に盛りあがったもののせいだった。光の滴《しずく》がフラウの目から落ちる。

次々に、落ちる。

「だったら、わたし……ギルバート、あなたのために……。逞しく、生き生きと……って」

フラウの口から言葉がこぼれ、うつむく。

金の滴が床《ゆか》に落ちる。

アンは、鐘の音が響く天井《てんじょう》に目を向けた。そのずっと上の高いところにいる、顔も覚えていない、しかしとても近しい者に語りかける。

(パパ。見てくれている？　わたしの砂糖菓子《がし》)

不意にアンの右手が、温かくやわらかいものに包まれた。いつの間にか隣《となり》に立ったシャルが、アンの手を握《にぎ》っていた。シャルの視線も天井に向けられ、そこから降り注ぐものに語りかけるような瞳をしていた。

シャルの手を、アンは握り返す。すると彼の指の力も少し強くなり、二人は指を絡《から》ませた。

（きっとこれからも、わたしたちには色々なことがある。でも大丈夫《だいじょうぶ》。何かがあって、哀しくて辛くて、苦しくても、それでもきっと明るい方へ向かって歩いて生きていける。パパもママもいなくなったけど、わたしには）

綺麗《きれい》なシャルの横顔と、砂糖菓子を見つめているミスリルの姿を、存在を確かめるように順に見やってから、アンは再び視線を上に向ける。

（シャルとミスリル・リッド・ポッドが――今の家族が一緒《いっしょ》にいてくれるから、きっと三人で歩ける。そして）

鐘の音とともに降り注ぐ、空からもたらされる輝《かがや》きを帯びた何か。もし目に見えたなら、それは黄金の光に違《ちが》いない。

アンは輝くそれに向けて誓《ちか》った。

（わたしたちは、ずっと、離《はな》れない）

きっとシャルもミスリルも同じことを誓っていると確信しながら――周囲は輝きに包まれる。

鐘が鳴り終わって一番に、マクレガンとともにやってきたのはハリディだった。ハリディの

目には砂糖菓子は見えないはずだったが、マクレガンが、細かに説明をしていた。

「十七年前、ハリディ教父がわたしたちのためにと、頼《たの》んで作ってもらった砂糖菓子に似た秋の実りが、人々の足もとを埋《う》めていますよ」

そうマクレガンが言うと、ハリディは目を細め、何度も頷《うなず》いていた。灰色の瞳には、鮮《あざ》やかな果物の色が反射していた。

それから町の人々が祈りに訪《おとず》れ——。砂糖菓子を目にして、微笑《ほほえ》んだ。


鎮魂祭《ちんこんさい》のその日の夜。

砂糖菓子の報酬《ほうしゅう》を受け取り、懐具合《ふところぐあい》が温かくなったアンは、駒鳥亭《こまどりてい》の食堂のテーブルを囲んだシャルとミスリル、ローガンとフラウに一つの提案をした。

シャルとミスリルはアンの提案を快諾《かいだく》し、すこしスープを食べたフラウは、ただ小さく頷いた。ローガンは戸惑《とまど》ったようだったが、アンは「人手が必要だからお願いしたいの」と言って頭をさげた。

アンがみんなにお願いしたのは、コッセルからノックスベリー村に向かうことだった。

ノックスベリー村は、アンの母、エマが眠《ねむ》る場所だった。

コッセルからノックスベリー村へは、ブラディ街道《かいどう》を突《つ》っ切れば早い。シャルが同行しているのでそれも可能だったが、アンは安全な海岸近くの街道を遠回りして行くことを選んだ。

シャルに無理をさせたくなかったし、旅の間に、少しずつフラウが元気になってくれるのを期待した。

コッセルで受け取った報酬のおかげもあり、この旅では野宿をすることもなかった。のんびりとした旅が続き、ノックスベリー村に到着《とうちゃく》した時には、コッセルを出てから十日が過ぎていた。


「懐《なつ》かしいな、この宿屋」

箱形馬車を操《あやつ》りながら、アンは通りかかった宿屋に目をやった。

隣に座っているフラウが首を傾《かし》げる。

「何が懐かしいの？」

「ここ、ママが病気になって動けなくなったときに、泊《と》まった宿屋なの」

ノックスベリー村の目抜《めぬ》き通りにある宿屋「ジェンキンスの寝床《ねどこ》」は、エマが病で動けなくなった後、しばらくアンと二人で逗留《とうりゅう》していた宿だった。

「ずっと、ここに宿泊《しゅくはく》していたのかい？　宿代が大変だったろう」

馬車と並べて、馬を歩かせていたローガンは、そう問いながらも馬上で体を背後にねじり、自分の鞍《くら》につけられている荷物を気にして、緩《ゆる》んでいないか手を伸《の》ばして確かめた。彼の乗る鞍の後ろには、小さな木箱が布でくるまれ、しっかりと固定されている。旅の間中、彼は常にそれを大切に扱《あつか》い気にしてくれていた。

ローガンが言ったように、ジェンキンスの寝床は駒鳥亭と同程度の格の宿で、けして格安の宿ではない。しかしノックスベリー村にはこの宿しかなかったので、アンとエマはやむなくここに宿を取ったのだった。

「さすがに宿代の踏《ふ》み倒《たお》しをした経験のある奴《やつ》は、気にするところがちがうなぁ」

と、アンの膝《ひざ》の上にいたミスリルが、人の悪い突っ込みをする。ローガンは肩《かた》をすぼめた。

「いや……。それは……申し訳ないよ、本当に。過去の僕は……」

「もう、気にしないでローガン。確かに宿代が大変だったの。だからわたしも砂糖菓子を作って売ったりしたけど、追いつかなくて。ママの病気は良くならないけど、宿を出なくちゃって思っていた時に、砂糖菓子店の跡取《あとと》り息子《むすこ》のジョナス・アンダーって人が、砂糖菓子職人のよしみって言って、彼の家の一部屋をわたしたちにただで貸してくれたの」

「そんな親切な人がいたのかい」

「親切ではなかったがな」

ローガンの数歩前の馬上から、シャルが口をはさむ。

「そうだぞ！　あいつはアンの砂糖菓子を盗《ぬす》んだんだ。まあ、俺様の大活躍《だいかつやく》で奴は大恥《おおはじ》かいたんだけどなっ」

立ちあがったミスリルは、腰《こし》に手を当ててふんぞり返り、さらにわくわくした顔でアンを見あげた。

「なあなあ、アン。ここにジョナスの実家の、砂糖菓子店があるんだろう？　立ち寄ってさ、その節は息子さんに大変お世話になりましたとかなんとか言って、すごんでみせるのはどうだ？　ついでにシャル・フェン・シャルの奴が剣《けん》をちらつかせたら、迷惑《めいわく》料で金貨の一枚でもせしめられるかも」

「脅迫《きょうはく》はやらん」

にべもない一言に、ミスリルは拳《こぶし》をふりあげた。

「なに言ってんだ、シャル・フェン・シャル。これは脅迫じゃないぞ！　悪いことした奴らを悔悛《かいしゅん》させるためだ。神に代わってお仕置きなんだぞ」

「まあ、もういいわよ。何年も前の話だし」

アンは苦笑《くしょう》した。

「ジョナスがラドクリフ工房《こうぼう》を追い出された後、行方《ゆくえ》不明になっていただけで、アンダーさんにはとてもこたえたと思うの。それで充分《じゅうぶん》反省しただろうし。ジョナスも、今はきちんと職人として修業《しゅぎょう》してるし。全部、すんだことだから」

「つまんないなぁ」

と、ぶつぶつ言いながら、ミスリルは再びアンの膝の上に胡座《あぐら》をかく。

「エマは」

フラウがぽつりと口を開いた。

「え？」

「エマはその後、どうなったの？」

「うん。わたしと一緒に、半年間ジョナスの家の一部屋に住まわせてもらったけど、亡《な》くなった」

葬儀《そうぎ》もこの地で行い、墓も、ノックスベリー村のはずれの国教会の墓地に立てた。その当時のことを思い返し、アンは村はずれの丘《おか》へ目をやる。白い墓石が並ぶゆるい斜面《しゃめん》に、エマは眠っている。そこから見た景色と、その時の気持ちを、ありありと思い出す。

(哀《かな》しかったけど、泣けなくて。ママのために銀砂糖師になるんだってことだけ、考えてた)

寂《さみ》しいと思ってしまえば動けなくなると心は理解していたから、そんな言葉など自分の中にないようなふりをして、旅に出た。

(そしてミスリル・リッド・ポッドと、シャルに出会った)

あのとき哀しみや孤独《こどく》を見ないふりをして、歩き出したのは良かったのかもしれない。やせ我慢《がまん》だっただろうが、そのやせ我慢が出会いに繫《つな》がった。

「そう」と言って、宿屋の看板を見やったフラウは、ぽつりと問う。

「エマは苦しんだ？」

「それほどでもない。ただ、心配そうだった、わたしのこと」

「……そう」

と、またフラウは小さく応じる。この旅の間、時々フラウはエマのことを訊《き》いたが、自分から問いかけるくせに、返事はいつもこんな感じだった。

「ママのこと、そりゃ、好きになれないよね。大切な人を奪《うば》ったんだから」

苦笑して言うと、フラウはびっくりしたような顔をしてアンを見た。

「え……違《ちが》う」

「違う？　嫌《きら》いじゃないの？」

「好きとか嫌いとか、感じるほど話したことない。でも……一緒《いっしょ》に行こうって砂糖菓子《がし》をくれたときは……なんていい人なんだろうって思った。だからギルバートは、エマを好きになったんだって、わかった」

「いい人って、思ってくれたんだ」

「思ったわ……」

フラウの気持ちは複雑なのだろう。いい人だと思うし、嫌いじゃない。かえって好ましいとさえ思うのに――と。

複雑な心の揺《ゆ》らめきは、アンにも覚えがある。

フラウの気持ちがわかってくるにつれ、エマとギルバートの輪郭《りんかく》まではっきりしてくるのは、不思議だった。彼女を通して、アンは在りし日の両親を感じていた。

ノックスベリー村に到着したその足で、アンたちは国教会のノックスベリー教会へ向かった。小川のほとりに続く森の中を抜《ぬ》ける道を辿《たど》ると、小さな教会が現れる。

庭木の手入れをしていた教父見習いの少年に、身分と用件を告げて案内を請《こ》うと、すぐに教父館へ入るようにと案内された。

教父は以前と同じ人で、なおかつアンのことをよく覚えてくれていたらしい。

シャルたちには外で待っていてもらい、アン一人だけが教父館に入った。

「アン。立派になりましたね」

部屋の中に入るやいなや、奥の窓辺にある机から立ちあがった教父は、目を細める。

「当時、あなたが一人で旅に出たと聞いて、心配したのですよ。それが、こんなに元気な姿で戻《もど》ってきてくれるとは。しかもお母様のように、銀砂糖師の称号《しょうごう》を得られたのですね」

「はい。王家勲章《くんしょう》を拝受しました」

うんうんと嬉《うれ》しげに何度か頷《うなず》き、教父はアンに椅子《いす》を勧《すす》めた。机をはさんで教父と向き合って腰をおろす。

「よく、頑張《がんば》りましたね。こうして一人前になった姿を見せてもらえるのは嬉しい限りです。それで、教会にお願いがあると聞きましたが？　なんでしょうか」

教父は、良くできた孫にご褒美《ほうび》をあげたくてうずうずしている、優《やさ》しいお祖父《じい》ちゃんのような顔で訊く。

「母の墓の隣《となり》に、わたしの父の墓を立てたいんです」

居住まいを正して告げた。

「お父様のお墓？」

はいと応じると、教父は不思議そうな顔をした。

「わたしの記憶違《きおくちが》いでしょうか？　あなたのお母様からは、お父様はあなたが生まれた翌年には、どこか遠くの地で亡くなったと」

「違いません。父は十七年前のロックウェル州コッセルで、内乱に巻き込まれて亡くなりました。わたしは父がどこで亡くなったのか、どこに眠《ねむ》っているのか知りませんでした。けれど、父を大切に思ってくれている人の力を借りて、父の眠る場所を見つけられました。だから」

真っ直《す》ぐに教父の目を見て告げた。

「父を、母の隣に眠らせてあげたいんです」

「お母様の隣に？」

部屋の奥にある窓から光が射《さ》し、アンの足もとまで光の筋が伸びていた。

「父は小高い丘の上に眠っていました。見晴らしの良い綺麗《きれい》な場所でしたけれど、そのうち森に覆《おお》われて、消えてしまうかもしれません。だから父は、母の隣に引っ越《こ》してもらって、ずっと二人でいて欲しいと思って、遺骨をここまで運びました」

アンは、ローガンとシャルに手伝ってもらい、自分の手で父親の遺骨を拾った。埋葬《まいそう》して十七年も経《た》っていたので、ギルバートは綺麗な白い骨だけになっていた。それを小さな箱に入れ、清潔な布で包み、ローガンの馬の背に載《の》せて運んで来た。

「そうですか……わかりました」

教父は頷く。

「エマ・ハルフォードさんのお墓の隣に、一つ墓を立てるように手配しましょう。お父様のお名前、墓碑銘《ぼひめい》はなんと？」

少し考えて、アンは答えた。

「ギルバート・ハルフォードここに眠る。愛する妻とともに——と、お願いします」

「承知しました」

「あ、あと！」

慌《あわ》てて、付け加える。

「なんですか？」

「教会の人手は足りていますか？　下働きが必要だったら、ぜひ、雇《やと》ってもらいたい人が二人いるんです。一人は以前、コッセルの教会で下働きをした経験のある人です。記憶《きおく》を失っているので、その経験は忘れてしまっているんですけど……。でも、優しい人なんです。気が弱いですけど。それと、もう一人は妖精《ようせい》の女性です。彼女は、父を捜《さが》すために何年も費《つい》やしてくれました。物静かで素直《すなお》です」

ギルバートの墓を移す旅に、ローガンとフラウに同行をお願いする必要はなかった。二人にここまで一緒に来て欲しいと願ったのは、もし承知してくれるならば、彼らはのんびりした田舎《いなか》の村でしばらく過ごして気分を落ち着けて、それぞれの未来を考えるのが良いのではないかと考えたからだ。

ただのお節介《せっかい》なので、二人に断られればそれまでだ。

さらに村で仕事や住まいが見つからなければ、どうしようもない。

けれどアンはコッセルで、ローガンとフラウに「じゃあ、これで。さようなら」と、あっさり手を振《ふ》りたくなかった。二人のおかげでアンは様々な事態に巻き込まれたが、同時に、彼らのおかげで父親に会えたのだから。

大切なものを失ったフラウと、記憶を失ったローガンは、根っこが地面に張っていないふわふわと浮《う》く儚《はかな》い植物のようで、彼ら二人に、とりあえず何処《どこ》かの地面に降りてみないかと問いかけたい。

「お知り合いですか？」

「はい。その二人がいたから、わたしは父に会えました。父の眠る場所を突《つ》き止める力になってくれて、そしてここまで父を連れてくる手伝いをしてくれました」

「うちの教会は、いつも人手が足りなくて困っています。二人も手伝いが増えてくれるならば、ありがたい。そのお二方さえよければ、ぜひ」

ほっと、アンは微笑《ほほえ》んだ。

「感謝します」

三日後、ジェンキンスの寝床《ねどこ》に宿を取っていたアンたち一行のもとに、墓石が完成したとの知らせが来た。そして翌日埋葬が終わり、ギルバートの墓は、エマの隣に落ち着いた。

「アンってさぁ、やっぱりお人好《ひとよ》しすぎると思わないか、シャル・フェン・シャル。特に今回のことなんかさ」

ミスリルが、シャルの肩《かた》の上で呆《あき》れた声を出す。

ルイストン近郊《きんこう》の自分たちの家へと戻るため、アンとシャル、ミスリルは、旅の準備を終えた。箱形馬車を墓地のある丘《おか》の麓《ふもと》にとめると、三人は末枯《うらが》れた草が風にそよぐゆるい斜面《しゃめん》を墓までのぼっていった。

出発前に、エマとギルバートの墓に挨拶《あいさつ》するためだった。

二つ並んだ墓石の所まで行くと、そこにはローガンとフラウの姿があった。彼らは二日前から教父館に移り、教会の手伝いを始めていた。今朝、アンたちが出発するのは知らせてあったので、見送りついでに墓参に来たのだろう。

教会から支給されたらしい、黒い上っ張りを身につけた二人にアンは駆《か》け寄り、嬉しそうに二人の手を握《にぎ》っていた。二人は照れたように顔を見合わせている。

「あの二人に、仕事まで紹介《しょうかい》してやってさぁ。本当に、甘いっていうか。俺様たち、あいつらのせいでけっこうひどい目に遭《あ》わなかったか？」

彼ら三人とは少し距離《きょり》を置いて立ち止まったシャルの肩の上で、ミスリルは腕組《うでぐ》みして、ぶつぶつと文句を言う。

「確かにな。だが」

晴れ晴れとしたアンの横顔を見て、シャルは自然と口元がほころぶ。

「必要だったのかもしれない」

いつもアンの心のどこかには、シャルたちとの別れへの恐《おそ》れがあるのだろう。そんな不安をアンはコッセルで口にしていた。

それはシャルにしても同じ。ミスリルにしろ、そうだろう。

しかしエマとギルバートの離別《りべつ》を知る過程で、フラウに会えた。

彼女は、ギルバートとの離別に苦しみ、哀《かな》しみ、再び彼と出会いたくて彷徨《さまよ》った結果に死という決定的な離別を突きつけられた。その様を目《ま》の当たりにして、シャルは、そしてきっとアンも悟《さと》ったのだ。

離別は、必ずあるもの。きっと訪《おとず》れるものだと。

だがそれが訪れたとき、どうすることが互《たが》いに最も幸福なのか――。

(俺は)

気持ちの良い風が吹《ふ》く方向に目をやる。

(俺はアンとともに生きる。そしてもし離別の時が来ても、アンの面影《おもかげ》を抱《だ》いて俺が存在し続ける限りアンは消えない。そのために俺は生きる)

それは苦しいだろうかと、フラウの金の瞳《ひとみ》を見ながら思う。

思いながら、アンの側《そば》に歩いていく。フラウはシャルの視線に気づいたらしく、こちらを見て、すこしびくびくしながらも会釈《えしゃく》した。

リズの面影も、ずっとシャルの中にはある。アンと出会ったことで彼女の面影が薄《うす》れることはなく、それどころか、思い返すと哀しいばかりだった面影を、温かい気持ちで思い返すことさえできるようになった。

同じように――いや、もっと強く。何があっても、シャルの命が終わらない限り、彼が最も愛した妻は消えない。彼女との時を幸福に過ごしていれば、永久にそれはシャルの中で温かく在り続けるだろう。

アンは墓の前に跪《ひざまず》き、目を閉じる。ローガンとフラウ、シャルとミスリルも、目を閉じ祈った。

暫《しばら》くして、アンが「よしっ」と小さく言って、立ちあがった。

「もう、行くね。ローガン、フラウ、元気でね。シャル、ミスリル・リッド・ポッド、帰ろう！　わたしたちの家に」

日射《ひざ》しのような明るい笑顔《えがお》で、アンは言った。


丘の上から、ゆっくりとノックスベリー村を出て行く箱形馬車を、ローガンとフラウは見送っていた。それを目で追いつつ、ローガンが問う。

「フラウ。君は、これからどうするんだい？　アンは、しばらく教会で働いて、先行きをゆっくり決めれば良いと言ってくれたけど」

フラウは、小さな声だが迷いなく応じる。

「わたしはずっと、ここにいる。ギルバートとエマと一緒《いっしょ》にいる」

ギルバートがエマに恋《こい》した時、フラウは哀しかった。エマにギルバートを盗《と》られてしまったような気がして、哀しくて、とても彼らとは一緒にいられないと思って彼から離《はな》れたが——離れていることも無理だった。

(盗られたなんて、思わなければよかった)

ギルバートは変わらず、ずっとフラウのことはフラウとして、友だちとして好きでいてくれたはず。エマもきっと、フラウのことは友だちとして好きになってくれたと今なら確信できる。

なぜなら——アンに出会ったからだ。

エマに似ている、そしてギルバートにも似ている彼女は、フラウのことを気にかけ、友だちのようにあつかってくれた。

ギルバートとエマと、フラウの三人で、友だちとして旅をすればどんなに素敵だったろうか。しかしそれはもう叶《かな》わないので、せめて、眠《ねむ》っている二人の傍《かたわ》らにずっといたい。

黒い上っ張りの下に身につけている上衣《うわぎ》の袖《そで》を、フラウはきゅっと握る。

「なら、僕も。君がここにいる間は、一緒にいようかな」

何気なくローガンが言うので、フラウは金の瞳を彼に向けた。

「どうして？」

「僕は記憶《きおく》がないだろう？　脱走《だっそう》兵だったらしいけど、故郷もわからないし、結局僕のことは僕自身もわからずじまいだ。だから別にやることもない。だったら、友だちと一緒にいた方が良いかなと思って」

「友だちって、わたし……？」

目を見開くと、ローガンは慌《あわ》てたように手を振《ふ》った。

「あ、いや。君が僕のことを友だちでも何でもないと思ってるなら、申し訳ない。僕はつい、君のこと友だちと勝手に……」

へどもど弁解する男をじっと見つめて、フラウは首を傾《かし》げる。

(この人は……変な人)

ギルバートを捜《さが》して王国を彷徨い続け、十数年。一年前セラの楽園に偶然《ぐうぜん》迷い込んだフラウは、この男がギルバートの名が書かれた宿の預かり証を持っていることに驚愕《きょうがく》した。そして彼はセラたちに、ギルバートと呼ばれていた。

本物のギルバートと出会うために、フラウはこの偽《にせ》のギルバートを利用してエマをおびき出す計画を立てた。フラウは、彼がギルバート・ハルフォードだと偽《いつわ》りの証言をして、彼の近くで一年を過ごした。

妖精《ようせい》に対してこだわりがなく、気弱だが優《やさ》しい。その在り方が少しギルバートに似ているような気もしたが、ギルバートよりも意志が弱く、ちょくちょく間が抜《ぬ》けていて、人を信じやすいので操《あやつ》りやすかった。彼に対して特別な思いはなかったが、「人間なのに世話が焼ける」「この人は、今までこんなふうで大丈夫《だいじょうぶ》だったのだろうか」と、呆《あき》れるような心配なような気持ちには度々《たびたび》なっていた。

ただこの男を利用することに躊躇《ためら》いはなかった。ギルバートに会いたい思いばかりが強かった。結果彼は、ギルバートと信じ込まされ、フラウに利用された――にもかかわらず、今もフラウを友だちだと言う。どうしてそんな風に思えるのか不思議だ。変な人だと思う。

(変なくらい、優しいの？)

こんな気の優しい男なら、兵士として人を殺すのに嫌気《いやけ》がさして逃《に》げ出しても不思議はないのかもしれない。

駒鳥亭《こまどりてい》の部屋の記憶で見たローガンは、ベッドの上で、子どもみたいに一人ではしゃいで喜んでいた。ベッドが嬉《うれ》しかったのだろう。けれど日に日に表情が沈《しず》んでいくのは、おそらく罪悪感のせいだったのか。

兵士の指輪の記憶で見たローガンは、泣きながら丘の上で穴を掘《ほ》っていた。ぐしゃぐしゃに泣きながら、何かつぶやきながら、必死に穴を掘っていた。口の形から推察すると、彼は穴を掘りながら「ここは、綺麗《きれい》で、いい場所だから」と繰《く》り返しているようだった。

意志が弱く、気が弱く、妙《みょう》に寛大《かんだい》で優しい男は、ギルバートではない。

でも、フラウの友だちなのかもしれなかった。

フラウは微笑《ほほえ》んだ。

「一緒にいましょう。……友だちだもの」

箱形馬車の手綱《たづな》を操りながら、アンは首をのばして、背後に遠ざかる丘《おか》を見た。墓石が並ぶ丘の斜面《しゃめん》に、小さな人影《ひとかげ》が二つ並んで、見送ってくれていた。

(また来よう。彼らに会うために。パパとママに、会うために)

前方に視線を戻《もど》すと、正面に続く道に、懐《なつ》かしさを覚えた。エマを失ったアンが旅に出た朝、一人でこの箱形馬車を操って通った道だ。

しかし今、隣《となり》には夫である黒曜石の妖精シャル・フェン・シャルがいる。そしてアンとシャルの間には友だちの、湖水の水滴《すいてき》の妖精ミスリル・リッド・ポッドがいる。

(一人じゃない)

それが嬉しかった。そして、

(ずっと三人でいる)

と、心の中で言葉にした。それは決意の言葉だった。

何があっても三人で一緒にずっと過ごして、もし別離《べつり》があったとしても、それで終わりにはせずに、ずっと互《たが》いのことを胸に刻み幸せに生きていくのだ。

道の右はなだらかな草地。左手にはハイランドベリーの藪《やぶ》があり、小さな赤紫《あかむらさき》の実がすずなりになって揺《ゆ》れている。

空は薄《うす》い青。行く手の山稜《さんりょう》の上には、刷毛《はけ》で刷《は》いたような雲。

「シャル、ミスリル・リッド・ポッド」

前を見つめながら、アンは言った。

「ずっと三人で一緒にいようね」

ミスリルが、きょとんとした顔をする。

「何を今更《いまさら》当たり前のこと言ってんだ？　アン」

その言葉が嬉しくて顔がほころぶ。

「うん、そうか。当たり前ね」

「……馬車を止めろ」

「え？」

不意にシャルが言うので、首を傾げて彼を見やったが、彼は真剣《しんけん》な声でもう一度言った。

「馬車を止めろ」

手綱を引き、馬車を止めた。

「どうしたの？　シャル、何か気になることが……っ!?」

いきなりシャルの腕《うで》が腰《こし》に回り、引き寄せられ、口づけされた。

突然《とつぜん》のことにびっくりして、目をぱちぱちさせていると、二人にはさまれたミスリルが、文句を言おうとして二人をふり仰《あお》ぎ、

「ひゃあっ！」

と嬉しそうな悲鳴をあげて両手で顔を覆《おお》ったが、指の間からしっかりと二人を見ている。

唇《くちびる》をはなすと、シャルが微笑む。

「誓《ちか》いの口づけだ」

「なんで、なんで、今!?」

逃《のが》れようと彼の胸を両手で突《つ》っ張るが、しっかり抱《だ》かれて離れることができない。

「回数を重ねて、何度も誓って、誓いを強くすると言った」

「身がもたないって、言わなかったっけ、わたし!?」

「大丈夫だ。俺の妻は、可愛《かわい》らしくて、強い」

口づけのみならず、そうして甘く囁《ささや》かれると、顔も耳も熱くなる。みっともないほど赤面しているのがわかった。くすっと、シャルが笑う。

(これって、相手を恥《は》ずかしがらせる勝負が続いてるの!? もしかして!?)

彼の笑《え》みは、勝者の笑みだ。完全勝利だと言わんばかりの、笑み。

「おおお、どうしたんだ！　シャル・フェン・シャル。俺様の目の前でこんな大サービスをするなんて、どうした!?　悪いものでも食ったか!?」

「別に」

シャルはアンの手から手綱を奪《うば》い取ると、御者台《ぎょしゃだい》の位置をずれるように目顔でアンを促《うなが》した。

「ただの誓いだ。おまえがいても、いなくても、誓いたいときには誓う」

馬車が動き出す。

「シャル・フェン・シャル！　やっと、やっと、素直《すなお》になったんだな！　成長したな、おまえ。俺様は嬉しい」

御者台で飛び跳《は》ねるミスリルと、平然としているシャルの横顔を見て、アンの頬《ほお》は引きつる。

「これから誓いは毎日続くの？」

「当たり前だ。ずっと続く」

本気で言っていそうなところが、怖《こわ》かった。顔を覆いたくなるほど恥ずかしいが――幸せだった。幸福感が、痩《や》せた体をいっぱいにする。

正面から涼《すず》やかな優しい風が吹《ふ》き、アンの頬をかすめ、ドレスの裾《すそ》のレースを揺らす。

日射《ひざ》しは明るい。

三人の家へ帰るために、馬車の車輪が回る。

アンには、予感がした――いや、確信かもしれなかった。アンとシャルとミスリルの三人は、きっとずっと一緒《いっしょ》にいて、全《すべ》てが、ずっと、幸せでいられるのだと。

家に帰れば、すぐに砂糖林檎《りんご》の収穫《しゅうかく》が始まる。

アンたちの家を囲む砂糖林檎の木々は、日ごとに色づいているはずだった。砂糖菓子《がし》職人たちが一年で最も忙《いそが》しく活気づき、胸を躍《おど》らせる、収穫の時が来る。

あとがき

皆《みな》さま、こんにちは。三川《みかわ》みりです。

この本は『シュガーアップル・フェアリーテイル』シリーズの新章、銀砂糖師の家編、三巻目となります。そして完結となります。

お気づきの方も多いかと思いますが、本編はおよそ三巻ごとに一つの区切りがつくような構成で書いていました。こちらの銀砂糖師の家編もそれを踏襲《とうしゅう》し、三巻で一区切りの形になりました。

本編完結後のアンとシャル、ミスリルの日常は続いていると思いつつも、自身で具体的に想像したことがなかったので書くのは大変でしたが、書いているうちに新鮮《しんせん》な驚《おどろ》きがあり、楽しかったです。

特にシャルは、「きっと妻が大好きな夫になっているだろうなぁ」とは思っていたのですが、書いてみると、想像以上に遠慮《えんりょ》がなくなっていました。まあ、彼ならそうなるだろうな……とはうっすら想像していたのですが、書いていてちょっと恥《は》ずかしいほどでした。物語というのは、面白《おもしろ》いものだとしみじみ感じます。なにはともあれ、アン、シャル、ミスリルの三人は、これからもずっと幸せに生きていくと思います。

イラストを描《か》いてくださった、あき様。お忙《いそが》しいところに、美麗《びれい》なカバーや挿絵《さしえ》の数々を本当にありがとうございました。あき様のイラストでなければ、『シュガーアップル・フェアリーテイル』はなかった作品です。新章もこうして描いて頂けて、本当に感謝です。

担当様。新章開始にアニメ化、コミカライズと、長丁場で大変お手数をおかけいたしました。新章開始当初、わたしが悩《なや》みまくったので、とても困らせてしまったのではないかと反省しております。それでもこうしてちゃんと三巻の物語として完結させられたのは辛抱《しんぼう》強《づよ》くお付き合いくださったからです。心からありがとうございます。

最後になりましたが、読者の皆さま。皆さまが読んでくださり、応援《おうえん》してくださったからこその新章でした。感謝がつきません。二度と書くことはないだろうと思っていたアンたちを書けたことは、本当に驚きで幸せでした。『シュガーアップル・フェアリーテイル』という作品は、運の良い作品だとしみじみ思います。

心から皆さまに――ありがとうございます。

三川みり

BEANS BUNKO

「シュガーアップル・フェアリーテイル 銀砂糖師と黄金の誓い」の感想をお寄せください。
おたよりのあて先
〒102-8177 東京都千代田区富士見2-13-3
株式会社KADOKAWA 角川ビーンズ文庫編集部気付
「三川みり」先生・「あき」先生
また、編集部へのご意見ご希望は、同じ住所で「ビーンズ文庫編集部」
までお寄せください。

シュガーアップル・フェアリーテイル 銀砂糖師《ぎんざとうし》と黄金《おうごん》の誓《ちか》い

三川《みかわ》みり

角川ビーンズ文庫 24066

令和6年3月1日 初版発行

発行者――――山下直久
発 行――――株式会社KADOKAWA
〒102-8177 東京都千代田区富士見2-13-3
電話 0570-002-301(ナビダイヤル)
印刷所――――株式会社暁印刷
製本所――――本間製本株式会社
装幀者――――micro fish

●お問い合わせ
https://www.kadokawa.co.jp/ (「お問い合わせ」へお進みください)
※内容によっては、お答えできない場合があります。
※サポートは日本国内のみとさせていただきます。
※Japanese text only

ISBN978-4-04-114708-5 C0193 定価はカバーに表示してあります。

23回
角川ビーンズ小説大賞
原稿募集中!
君の"物語"がここから始まる!
https://beans.kadokawa.co.jp
詳細は公式サイトでチェック!!!
【一般部門】&【テーマ部門】
賞金 大賞 100万円
優秀賞 30万円
他副賞
締切 3月31日
発表 9月発表(予定)
イラスト/紫 真依